JN116096

溺愛アルファの甘すぎる執心
Kaori Shu
秀香穂里

CHARADE BUNKO

Illustration

れの子

CONTENTS

本作品の内容はすべてフィクションです。
実在の人物、団体、事件などにはいっさい関係ありません。

溺愛アルファの甘すぎる執心

CHARADE BUNKO

1

左手の薬指にはまるプラチナの指輪を陽にかざして、目を細める。

青埜廣（あおのひろ）は、初めての恋に惑い、喜び――そして深く思い煩（わずら）うことになった。

二十四年間生きてきて初めて感じたときめきは、想像していた以上に甘美で、芳醇（ほうじゅん）なワインのように豊かな香りで廣を酔わせた。

男性でも子をなせるオメガとして生まれ、幼い頃からおとぎ話のように聞かされていた運命の番（つがい）といつか出会い、そのひとをこころから愛し、温かい家庭を築きたいと強く願ってきた。

しかし、こころのどこかでその願いは果たされない夢のようなものだとも思っていた。運命の番となるアルファと偶然に偶然を重ねて出会えたとしても、そのひとのこころを奪えるほどの存在ではない。

オメガは陰のある美貌に恵まれる者が多い、と噂されている。

見飽きるほど見てきた自分の顔が美しいかどうか、廣には冷静に判断できない。確かに他人を目にしたとき、印象的な瞳を持つ者、色香を宿したくちびるを持つ者たちは自然と視界に入ってきたが、自分もそのひとりだという自信はなかった。

ただ、遠い昔に、『廣ほど可愛い子は見たことがないわ』とやさしく言ってくれたひとがいたことは覚えている。

意識があるときにはもうどんな声音だったか思い出せないが、不思議なことに、まれに見る夢の中では鮮やかに再現される。

はっと飛び起きたときには、もう思い出せないのがいつも悔しくて寂しい。

かつて強く愛されたことを、廣は大人になってもけっして忘れなかった。

だから願うのだ。

自分もこころから誰かを愛し、そして愛されたい。

その夢が叶うなんて思いもしなかったけれど。

2

「廣くん、ネクタイ曲がってる」

「あ、すみません。いま直します」

「私が直してあげるから、ちょっとこっち向いてくれる？」

にこにこしている同僚の女性、行成菜央(ゆきなりなお)の言葉に振り向いた廣はこころもち顎(あご)を上げ、ぴんと背筋を伸ばす。板についていないブラックスーツの中で、細身の身体が泳いでいるのが自分でもわかり、いささか恥ずかしい。

廣の惑いを見抜いたかのように菜央はちいさく微笑み、手早くネクタイのゆがみを直すと、「はい、できました」と素早くうしろに下がる。

「ほら、鏡見て。綺麗(きれい)な三角形でしょう？」

「ほんとだ……ネクタイにもだいぶ慣れたつもりでいたけど、菜央さんのほうがずっと上手ですね。ありがとうございます」

「いえいえ、どういたしまして」

菜央もマットなブラックスーツを着用しスタッフルームに置かれた姿見をのぞく。

そこには緊張した顔の廣も映り込んでいた。

明るめのブラウンの髪は生来のもので、光を弾く瞳も色素が薄い。すこしは笑えば愛嬌（あいきょう）もあると思うのだが、大切な仕事を前にしているいまはそうもいかなかった。

「なにも難しいことはないから安心して。廣くんは私と一緒にホール内を回って、お客様にドリンクを渡すの。最初はやっぱりアルコールを求めるお客様が多いかな。中にはソフトドリンクをほしがる方もいらっしゃるから、ウーロン茶とオレンジジュースは忘れないようにね」

「わかりました」

「たまにお客様から名前や電話番号を聞かれることもあるけど、そこはうまくスルーしてね。きりがないから」

茶目っ気たっぷりにウインクする菜央に笑い、頷（うなず）く。

廣と同じくオメガの彼女は、艶（つや）やかな栗色のポニーテールがチャームポイントの美女だ。この銀座の一流ホテル、『帝都（ていと）ホテル』の同僚として出会った彼女は廣よりも一年先輩だが、気さくで明るく、つねに廣を手助けしてくれた。

ベータがメインの職場で、オメガはなにかと目立つ。切れ味の鋭い美貌が、どうしても人目を引いてしまうのだ。

容姿だけではない。その身体から薄く立ち上る甘い香りに、くらりと来ない者はいない。

普段は抑制剤を飲んでいるし、香りが一番強くなる発情期は勤務をやすんで家にこもることがほとんどだから、不慮の事故や事件に巻き込まれる可能性は低いが、それでも用心するに越したことはない。

　この世界は、男性女性という第一性のほかに、アルファ、ベータ、オメガという第二性が存在している。

　すべての人間の頂点に立つのがアルファ。ごくまれに生まれる種で天賦（てんぷ）の才に恵まれた彼、彼女たちは華やかな美しさで周囲を圧倒する。知能も身体的能力も高く、政財界、スポーツ界、芸能界とどの分野においてもトップにはアルファが君臨していた。彼らはその才能ゆえか、驕慢（きょうまん）な性格の者がほとんどだ。生まれつき裕福な暮らしを享受し、成長するにつれ周囲がひれ伏すため、ある程度強引になるのも致し方ないと廣は考えている。

　そんなアルファをしっかりと支えるのが、ベータと呼ばれる者たちだ。温厚で明るく、芯が強いベータは三つある第二性の中でもっとも数が多く、社会を円滑に回すのに欠かせない存在だ。帝都ホテルに勤める者もベータがメインで、アルファとオメガをうまく繋げる。やさしいベータがいなかったら、この世界はもっと殺伐としたものになっていただろう。

　そして、廣や菜央のようなオメガ。希少性の高いアルファよりもさらに数がすくないのは、女性はともかく、男性も子宮を持ち、子をなすことができるという不思議な身体に生まれついたからかもしれない。オメガは目を瞠（みは）るほど美しく、三か月ごとに発情期に襲われる。その際、甘く蠱惑（こわく）的な香りを放ち、アルファをこのうえなく狂わせるのだ。アルファにとってもオメガと交わればアルファの子どもを授かる可能性が高いため、本能でオメガを欲する。どんなにハイレベルな知性を誇るアルファだとしても、オメガのフェロモンを感じ取ればくずおれるしかない。

ひとびとの情欲をそそるオメガは、昔から犯罪に巻き込まれることが多かった。オメガに人権がなかった頃は、当たり前に性のおもちゃとされ、非道な人身売買も堂々と行われていたと聞く。

しかし、一部の良心的なアルファと、それに同意するベータが立ち上がり、オメガ保護団体を設立した。オメガを人道的に守ること、そして神秘を秘めたその身体を医学的に解明することというふたつの目的を持つ団体は廣が生まれる前に結成され、周囲の理解を得ながらフェロモンを抑制する薬まで開発された。

抑制剤を使えば発情期以外の突発的なヒートも最小限抑えられるし、副作用もほとんどない。昔はフェロモンを発しないよう、微弱なパルスが流れる首輪をつけるのが当たり前だったこともあって、ことさらオメガは奇異の目で見られていた。

保護団体は医療機関だけではなく、すべてのひとが十歳になったときに受ける血液検査でオメガだと判明した場合に通う施設も作った。オメガは学校帰りに施設に集い、身体の仕組みについて学ぶ。誰しもが三か月ごとに発情期が訪れ、子をなすことができることを知識として頭に入れるのだ。

男性でも妊娠できるという事実は世間的に浸透し、首輪をつけなくても過ごせるようになったので、一見してオメガだとばれることはない。だが、学校に入学する際、そして就職する際は自己申告する必要がある。オメガだけではなく、アルファもベータも同様だ。これには、第二性を正直に伝えることで無用なトラブルを避け、互いに尊重するためというきちんとした理由がある。

だが、ごく一部ではあるがいまだにオメガに好奇の視線を向けてくる人間はいる。目立つ容姿は色香を漂わせ、その気のないベータさえこころを迷わせるのだから、アルファにとっては社会的立場も危うくなるほどの魅力なのだろう。

アルファはたいていのことを理性でコントロールできるが、中にはオメガの自然なフェロモンに引きずり回されることを恐れて、特殊な薬で抑える者もいるらしいと聞いた。

今夜のパーティに集まる者の中に、そんなひとがいるだろうか。

「心配しないで、廣くん。今夜のお客様は皆身元が確かなひとばかりだってチーフから聞いてる」

緊張している廣に気づいた菜央がにこっと笑いかけてきた。

「一応、抑制剤は飲んでおこう。お互い、発情期はまだ先だったよね？」

「はい。来月の予定です」

こういうことも、勤め先には告げる必要があった。プライバシーの侵害だと憤(いきどお)るオメガもいるらしいが、廣は逆にありがたいと感じている。発情期が来たらどうあっても一週間近くは家にこもり、襲いかかる情欲と戦うことになる。それができない、したくないオメガは街にふらりと出て、誰彼構わずセックスする。そこには相応のリスクがあるだけに、廣は自分の発情期のパターンを派遣会社に登録していた。そうすれば、発情期は無条件で休暇を取ることができる。

きまったパートナーがいれば、発情期の間ずっと愛してもらうことができるのだが、未体験の廣はひとりで耐えるしかなかった。

「私も来月なんだよなぁ。彼に迷惑かけちゃうけど、『それがわかってて恋人同士になったんだし』って言われちゃった」

「ふふ、菜央さんの彼氏、ほんとうにいいひとですよね」

菜央は帝都ホテルの正社員で、半年前から派遣されている廣になにかとよくしてくれた。同じオメガだからというのもあるが、もともと面倒見がいいのだろう。ほかのスタッフからも信頼されている菜央は、口下手な廣にとって大切な同僚だ。

「そろそろ会場に行かなくちゃ。十六時から二十二時までの勤務中、休憩は二回。お弁当はこの部屋に用意されるから、好きに食べてね。今夜会場に入るスタッフは私たち含めて全部で十名。ほかの八名は先に行ってるけど、皆名札をつけてるから見分けがつくはず。もし困ったことがあったら、私かほかのスタッフに気兼ねなく聞いてね。なにか質問はあるかな？」

「とくにいまは。以前、何度かパーティスタッフとして働いたことがあるので、大丈夫だと思います。ここほど大きい会場じゃなかったけど」

「この帝都ホテルの『鳳凰の間』は都内にあるホテルの中で一番大きい会場なんだよ。大物政治家の講演会にも使われるの」

「すごいですね。失礼のないよう努めます」

「廣くんなら大丈夫。今夜は特別ボーナスも出るっていうから、お互いに頑張ろう」

「はい」

菜央が突き出してきた拳にこつんと握った手を当て、廣も笑みを返す。それから襟を正し、会場へと向かう。

きらびやかなシャンデリアがいくつも垂れ下がる会場に繋がるホールには、すでに数人の客が訪れ、芳名帳に記帳していた。スタッフから来場者である証の赤い薔薇を胸元に飾ってもらい、会場内へと吸い込まれていく。

皆、裕福なアルファかベータなのだろう。男女ともに品のよい正装で、にこやかに談笑している。彼らにドリンクを配り歩くのが、今夜の廣に課せられた仕事だ。

半分ほど会場内が埋まったところで、廣は銀のトレイにグラスを載せ、ゆったりとした足取りで客の間を練り歩く。すぐさま、女性客に呼び止められたので、求められるままシャンパングラスを渡す。アルコールが苦手な者にはソフトドリンクを渡した。

どんどん客が増えてくる。彼らを待たせないようきびきびと動いてドリンクを配ることに専念しているうちに、壇上のほうから明るい声が聞こえてきた。

「皆様、今夜はお忙しいところお集まりいただき、まことにありがとうございます」

よくとおる声の持ち主は、地上波で人気の男性アナウンサーだ。親しみやすい笑顔で丁寧にニュースを読み上げるベータで、廣も好印象を抱いている。

アナウンサーの笑みに一瞬気を取られたときだった。とん、と誰かにぶつかる感触に驚いて振り向くと、目の前に長身の男性が立っていた。廣がぶつかったせいで、男が手にしていたドリンクがこぼれ、胸元の薔薇がぐっしょり濡れていることに気づいて、さっと血の気が引く。

「も、申し訳ございません！」

上背のある男は目を奪われるほどに凜とした精悍な顔立ちで、細いストライプの入った粋なスーツがよく似合う。

ひと目で、アルファと知れる男性だ。それも、かなりの立場の。

「ほんとうに申し訳ございません。お拭きいたしますので――」

客にぶつかって服を汚してしまうなんて初歩的なミスをしでかし、青ざめた。とんでもないことをしてしまった。こういう仕事に就くため、自宅でトレイに皿やグラスを載せて運ぶ練習を地道に行ってきたのに、まさか本番で失敗するとは。

不幸中の幸いと言うべきか、廣が手にしていたトレイにはもうドリンクがなかったので急いでテーブルに置き、万が一のためにポケットに忍ばせていた薄いハンカチを取り出して男の胸元を軽く叩いた。

男は目を丸くしているだけだ。

廣のミスを叱るわけでもなく、声を荒らげるわけでもない。ただただ必死な廣を見下ろしている。その視線に気づいてそろそろと顔を上げると、可笑しそうな瞳とぶつかった。

「あの……」

「怖がらせたか？　だったら、すまない。こういうのが初めてだったからちょっとびっくりしたんだ」

男の言葉に他意はないようだ。楽しげに輝く黒い目に思わず吸い込まれてしまう。

「青埜くんという名前なんだね」

廣の左胸についているネームプレートを見ながら、男が微笑みかけてくる。

見たところ、自分より十歳くらい上だろうか。品のある大人の男は若々しさと風格を併せ持ち、瞳を煌めかせる。

「……きみほど綺麗なひとは見たことがない。こんな言葉、きっと言われ慣れていると思うが」

「いえ、その……そんな、ことは」

みっともないくらいに声が掠れるのは、自分だって彼みたいな男に出会ったことがないからだ。

「あの、染みになるといけませんから、お拭きいたします。申し訳ありませんが、別室にいらしていただけませんか」

「わかった」

男は素直に頷いて手にしていたグラスをテーブルに戻し、廣のあとをついてくる。

会場の隣には小部屋がいくつかあった。パーティ中、酒に酔って具合を悪くしたひとをやすませたり、客同士で内緒の話を交わしたりする場合に使う部屋だ。そこに、凡ミスで迷惑をかけた年上の男を連れていくのは情けなかったが、汚れを拭く間大勢の客の前で彼に突っ立っていてもらうのも申し訳ない。

部屋の扉を開け、しっとりとした生地の椅子をすすめながらジャケットを脱いでもらった。あちらこちらで花の蕾（つぼみ）がほころぶ三月初旬、男が着ていたのはネイビーの軽いウール素材だ。上質なのは触れればわかる。以前、半年ほどアパレルショップに派遣されたことがあるのだ。春とはいえ、夜はまだ冷え込む。きっと、スーツの上にコートを羽織ってきたのだろう。

もっと男をよく見たいという欲求と闘いながら、廣は彼からすこし離れた椅子に腰を下ろし、手早く染み抜き作業を始めた。

「手際がいいんだな」

驚く声に感嘆の色が混じっていたので、「はい」と頷く。

「そそっかしいので、自分の服にも飲み物をこぼすことがあるんです。水ならいいですけど、こういう色がついた染みは早く処置しないといけないので」

「へえ……」

男の視線が手元に注がれているのを感じて、そわそわしてしまう。

「あの、もしうまく染み抜きできなかったらすみません。できるだけ綺麗にします」

「そんな、気にしないでくれ。私こそじっと見てすまない」

そう言いながらも、男は熱っぽい視線を外さない。

こういう作業がめずらしいのだろうか。

「お客様になんの非もございません。僕の不注意ですから。すこしだけお待ちください」

「大丈夫だ。慌てないでくれ」

「なにかお飲みになりますか？」

「そうだな。じゃ、紅茶でももらおうか」

「かしこまりました」

作業の途中でジャケットを丁寧に脇に置き、室内に用意されたポットで湯を沸かして香り高い紅茶を淹れた。

「いい香りだ」

「帝都ホテルオリジナルの茶葉です」

鼻先を蠢かす男はゆったりと足を組み、可憐な花模様が描かれたカップに口をつけている。

なにげない仕草も洗練されていて、知らず知らずのうちに見とれる自分がいた。その視線に気づいた彼がやさしく笑い、「うん？」と首を傾げる。

「どうかしたか？」

「いえ、なんでもありません。……すみません、すぐに終わらせます」

背もたれの高い椅子に浅く腰かけ、再び膝にジャケットを広げた。深い色のジャケットだからぱっと見た感じでは染みがわからないが、すぐに処置しておかないと生地を傷める原因にもなる。

ジャケットの表、裏からそっと染み部分をハンカチで叩いた。細かなステッチといい、しっかりとした仕立てといい、ただのオーダーメイドの質ではない。

「素敵なジャケットですね」

自然と口を衝いて出た言葉が彼を喜ばせたようだ。

「そう思うか？　世話になっているテーラーで誂えたスーツの中でも、とくに好きな一着なんだ」

「めったに見ない上質な生地ですし、縫い目も綺麗です。お客様のためだけに作られた特別な一着なんでしょうね」

「獅堂慶一だ」

「え？」

「私の名前だ。まだ名乗っていなかったな」

「獅堂、様ですね。このたびは大変失礼いたしました。クリーニング代を弁償いたします」

恐縮する廣に、獅堂は「いや、その必要はない」と手を横に振る。

「充分に綺麗にしてもらった。うちに出入りしている業者がいるから、あとは彼に任せるよ」

「ですが、すこしだけでも」

「気にしないでくれ。——ほんとうに、ありがとう」

深みのある声で獅堂が呟く。そこには通り一遍のお世辞の響きはなく、こころからの感謝がこもっていたことにたじろいだが、なんとか顔には出さずにいられた。

まだいくぶん胸元が湿ったジャケットを渡すと、獅堂が立ち上がる。

もう部屋を出ていってしまうのか。

出会ったばかりの男になにを思うわけでもないが、離れがたいのはなぜなのか。

だけど、引き留める理由もない。獅堂ほどの男なら、会場で待っている客が大勢いるはずだ。

胸の奥がやけに熱くて、落ち着かない。いたずらに口を開いたら、熱っぽい吐息が漏れそうだから、下くちびるをぎゅっと噛んだ。

扉を開けて出ていくとばかり思っていた獅堂はその脇にあるカウンターに向かい、ポットを手にする。そして湯気の立つ紅茶を淹れ、目を見開いている廣に手渡してきた。

「ほんのお礼だ。とは言っても、お持たせのようなものだがな。ここにはなにかつまめるような甘いものはあるかな?」

「え、あ、あの、ですが、会場にお戻りにならないと。僕も仕事がありますし」

「私がうまく言うから大丈夫。もうすこし一緒にいたい。いいだろう?」

笑顔でそう言われたら断るわけにもいかない。仕事中に勝手に休憩しているとばれたら困るのは自分なのだが、獅堂は「大丈夫大丈夫」といたずらっぽくウインクする。

「ここでひとやすみされるお客様もいらっしゃるので、戸棚の中に、カフェ特製のクッキーが入っているかと……」

「よし、一緒に食べよう」

こんなことをしている場合ではないと思うが、獅堂の声に逆らえない。けっして、威圧感を与える声ではない。年上だからだろうか。自分とはまるで違う上流階級に属する男だからだろうか。

なぜか彼の言葉に従いたくなる。我ながら不思議だ。

他人と話すのがさほど得意ではないにせよ、アルファが相手なら無条件でひれ伏すわけでもない。

派遣スタッフとしてあちこちで働き、さまざまなひとを目にしてきた。絶対数がすくないアルファに会える機会はそうそうなく、職場で直接言葉を交わすのはたいていベータだ。ただ、派遣会社に登録する前――大学を卒業した後入社した貿易会社がいまどきめずらしいくらいの体育会系で、社長のアルファが毎朝長々と訓示を垂れ、成績がかんばしくない社員を吊し上げるというパワハラ、モラハラが横行していた。社長からしてそうなのだから、その下につく者は押し並べて横柄だった。そこで生き残るにはある種のふてぶてしさを身に付けるしかなかったのだろう。入社前には気づけなかった暗闇が廣を呑み込み、心身ともにバランスを崩して休職に追い込まれるまで一年も保たなかったように思う。

あれ以来、アルファに対してはすこしばかり苦手意識が根付いてしまった。王者のごとく強いオーラを感じ取ると、無意識に身体がこわばる。

だが、獅堂は違っていた。堂々たる風格は感じられるものの、他人を踏みつけて平気な顔でいるような男ではない気がする。

おそるおそる椅子に腰を下ろすと、棚から見つけたクッキーを小皿に盛りつけて持ってきた獅堂が「どうぞ」と隣に座る。

「いただき、ます」

「私もいただこう。……うん、美味しいな。バターとココアが香ばしい」

「それ、帝都ホテルでも人気で、ギフトとして買っていかれる方が多いんです」

「だろうな。なるほど、こっちはナッツが練り込まれているのか。さくさくしていて、つい食べ過ぎそうだ」

「僕も好きなんです。ときどき、同僚が分けてくれます」

いまもたぶん会場内でサービスしているだろう菜央を思い浮かべ、クッキーをさくっとかじる。口下手な廣とは違い、同じオメガでも菜央はひと付き合いがうまい。

銀座のアイコンでもある巨大な帝都ホテルには、数百人にも上るスタッフが勤務している。廣のように現場で働く者は派遣スタッフなども多くわりと流動的だ。

ホテルマンの華やかなイメージに憧れていざ入ってみると、想像以上に体力勝負であることや裏方仕事が多かったりと、ハードな面についていけず、早々に辞めるひともいる。帝都ホテルくらいの高級クラスでは、スタッフにも相応の品格というものが求められる。清掃員やハウスキーパーも部屋や廊下で客と顔を合わせる可能性がある。どんな場面でも失礼のない対応が取れるよう、ホテル側はスタッフを鍛えており、廣も二か月に及ぶ研修期間を経てここに来た。

最近やっと現場に馴染めてきたが、知らぬ間に入れ替わっている新しいスタッフと顔を合わせると、まず名札を見て、礼儀正しく挨拶するのがやっとだ。気安く世間話をできる相手はまだ菜央だけだ。

無礼にならない範囲で仕事に必要な笑みは作れるようになった。けれど、いまみたいに、初対面の男と——しかもアルファの男とふたりきりでクッキーをつまむなんてしたことがない。

ちらっと上目遣いに獅堂を見やる。あらためて見ても、いい男だ。大勢のひとの中でもとびきり光り輝いていた獅堂はいま、穏やかな表情で紅茶を飲んでいる。

「会場にお戻りにならないんですか？」

もっと一緒にいたい。名前以上のことを知りたい。

そんな想いを他人に抱くのは初めてで廣を惑わせる。

獅堂のスーツからして、社会的地位はかなり高いはずだ。そんな男を小部屋に閉じ込めておいていいわけがない。

「獅堂様を待っていらっしゃる方もいるでしょうに」

「様、なんてかしこまることはない。私はもう一杯お茶が飲みたいな。きみさえよければ」

その声に胸が痛いほど高鳴る。

駆ける鼓動を抑えるようにそっと左胸に手を当てながら立ち上がり、空(から)になった獅堂のカップを受け取った。

「お代わりを淹れますね」

絶対にお世辞だ。たまたま出会った廣のびくつく態度がおもしろくて、からかっているだけだ。

理性ではそうわかっているが、彼の言葉に乗ってしまいたい自分もいる。時間をかけてお代わりを淹れ、再び椅子に腰かけた。

「長くここで働いているのか？」

「まだ三か月くらいです。正社員ではなくて、派遣で来ています」

「生え抜きのホテルマンかと思ったよ。青埜くんはどのスタッフよりも——」

そこでいったん言葉を切った獅堂がひとつ咳払いをし、照れたような笑みを浮かべる。

「きみはほんとうに綺麗だ。さっき、会場で思わず本音を口にしてしまって、気を悪くしたんじゃないかと心配していて」

「いえ、……そんなことは、ないです。僕なんか、べつに……目立つような者ではなくて」

「私の目は確かだ。総合商社に勤めているんだ。日々大勢のひととコンタクトを取って、言葉を交わしている。青埜くんにはほかのひとにはない魅力があるんだ。声かな、その吸い込まれるような瞳かな」

じっとのぞき込んでくる獅堂に吸い込まれるのは自分のほうだ。

すこし前までは赤の他人だったのに、いまはこころの真ん中にいる獅堂に釘付けになり、「総合商社、ですか?」と上擦る声で訊ねた。

「僕でもわかる会社でしょうか」

「知ってくれていると嬉しいな。三紅商社というんだが」

「もちろん存じ上げております。日本一の商社ですよね」

三紅商社といえば、食品や衣類から始まり、金属資源、石油に石炭といったエネルギー関連まで幅広く取り扱う、世界にも名を誇る一大企業だ。廣が大学にいた頃も、三紅商社への入社を希望する者が多かった。エリート中のエリートが集まる企業だけに、入社するのも至難の業だ。

「すごい……そんなところにお勤めなさっているなんて」

彼の優雅なたたずまいからしても、社内での地位は相当のものだと窺い知れる。

そうとわかったら、余計に焦りが生じてきた。

「会場にお戻りにならないと。獅堂さんとお話しされたい方がお待ちになっているはずです」

「うーん」

獅堂は腕時計に視線を落とす。それもまた、高級品だ。シルバーフレームの中はこっくりとしたチョコレートブラウンで、時計盤にダイヤモンドがちりばめられている。数百万円はくだらないだろう腕時計を下品になることなく、さりげなくはめている獅堂は間違いなくハイクラスの人間だ。

「確かにそろそろ行ったほうがいいかな。名残惜しいが」

立ち上がった獅堂はジャケットを羽織り、「美味しい紅茶、ごちそう様」と笑う。その蕩(とろ)けるような笑みに見とれていると、「よかったら」と彼がスマートフォンを取り出す。

「連絡先を交換しないか？　一度きりの出会いにはしたくないんだ」

「……僕と？」

「そう、青埜くん、きみと。だめかい？」

大人の男に困ったような顔をされると、とても抗(あらが)えない。菜央からは連絡先を聞かれても上手にスルーしろと言われたが、ひと目で惹かれた相手とこのまま別れたくないのは廣も同じだ。

「じゃあ、お願いします」

マナーモードにしていたスマートフォンを取り出し、メッセージアプリのＩＤを交換する。すぐに獅堂から、『今日はありがとう』とメッセージが飛んできてこころが浮き立ってしまう。

「ご迷惑をおかけしましたが、こちらこそ、ありがとうございました」

こころから微笑むと、獅堂がまぶしそうに目を細める。

「獅堂さん?」

「……ティアム、という言葉を知ってるか?」

「ティアム?」

聞いたことのない言葉に首を横に振る。

「ペルシア語で、『素敵なひとに出会ったときにときめいた瞳の輝き』という意味を持つ。いま、きみの視界に映る私はそんな目をしているだろう」

甘やかな声がまたたく間に意識に浸透し、こころを捕らえて離さなくなる。

綺麗だとか、可愛いだとか、さまざまなひとから賛美されてきた。すべてお世辞だろうと思って聞き流してきたが、獅堂の言葉には本気になってしまいそうだ。

「ティアム……美しい響きですね」

「私が映るきみの瞳もそうだといいな。ひとまず、今夜はこのへんで」

獅堂が差し出してきた大きな手をそっと摑んだ瞬間だった。

「……ッ」

全身をびりっと電流のようなものが駆け抜け、大きく目を見開いた。

なんだこれは。なんなのだ、これはいったい。

これまでに一度も感じたことのないぴりぴりとした疼き(うず)は指先にまで伝い、膝が細かに笑う。

「……あ、の」

掠れた声に、獅堂も目を瞠っていた。じわじわと手を強く握り締めてきて、「いまのは——」と声を上擦らせる。

「いまのは……この痺(しび)れは……」

「獅堂、さん」

互いに手を離せず、時間が止まった中で見つめ合った。

長い指が力強く絡みついてくることにくらくらしてくる。

自分でも言葉にできないほどの熱いうねりが身体の奥底からこみ上げてくることに気づいて、かすかにくちびるを開いた。そこから漏れ出るのは、頼りない吐息だけだ。

なにか言おうとしても舌がもつれてしまう。小刻みに吸って吐き出す息がしだいに熱くなっていくのはなぜなのか。

深く考えずとも、それくらい廣でもわかる。

出会ったばかりの男に欲情しているのだ。

オメガとして何度も発情期を体験しているだけに、この炙(あぶ)られるような感覚には覚えがありすぎる。

口の中がからからに乾き、腰裏がひどく熱い。皮膚という皮膚がちりちりして、ちょっとでも触られようものならくずおれそうだ。

あまりの激しい快感に。

目眩に襲われ、足下がふらつく。よろけた廣を支えるように獅堂が慌てて背中に手を回してくれたが、骨張った手のひらをスーツ越しに感じただけでびくりと身体が震える。

「大丈夫か？」

心配そうにのぞき込んでくる獅堂になんとか頷いたが、うまく声が出ない。

「ゆっくりで構わない。もう一度座ろう。深く息を吸い込んで、吐いて……そう、上手だ」

背中をゆっくりとさすられることで、乱れていた呼吸がだんだん落ち着いてくる。それでも彼の手が離せず、目はその顔に釘付けだ。

汗ばんだ額に張りついた髪をかき上げてくれる獅堂が、静かに訊ねてくる。

「青埜くんは、オメガだな」

「……はい。……わかりますか？」

「ああ。会場にいたときからなんとなく。いままで感じたことのない甘い香りがきみから漂ってきたんだ」

「ご迷惑じゃなかったですか」

自分の発する体臭がどんなものかあまり考えたことがなかっただけに、恥ずかしくてたまらない。

萎縮する廣に、獅堂が「違うんだ」と取りなしてきた。

「花のような香りだった。甘い蜜に誘われる蜂になった気分だ」

「……いまも匂います？」

「ああ」

「強いですか？」

「そうだな。我を忘れてきみにくちづけてしまいたくなるくらいに」

どきりとするような言葉を囁(ささや)く獅堂は、だが余裕があり、一足飛びに手を出してくることはなかった。

やっとひと息つけるようになった頃には、獅堂の腕時計の長針は半円を描いていた。

「すみません……無様(ぶざま)な姿をお見せして」

「ほんとうに気にしないでくれ。青埜くんがこうなったのは、私にも責任があると思うんだ。戯言(ざれごと)だと思わずに聞いてくれるか？」

「はい」

やさしいまなざしに真剣な想いをひと匙乗せた獅堂が、まっすぐ視線を絡めてくる。

「きみは、私の運命の番だ」

「……え？」

一瞬、頭が空回りして、なにを言われているのかわからなかった。

「運命の、番……？」

「そうだ。聞いたことはあるか?」

「一応……そんな関係があることは聞いてましたけど、おとぎ話だと思っていて……」

「私もついさっきまではそう思っていた。——きみの手に触れて、狂おしく痺れるような感覚に胸を鷲摑み(わしづかみ)にされるまでは」

情熱的な言葉に頬が熱くなっていく。

魂と魂が結び合う特別な関係、それが運命の番だ。この関係はアルファとオメガにしか成立しないと聞いている。番と出会った瞬間、アルファとオメガはそれぞれに置かれた立場を飛び越え、身体もこころもひとつになるという。こればかりは自分の意思でどうこうできるものではなく、広大な砂漠の中からとっておきのひと粒を見つけるに等しいほどの偶然による。

抗え(あらが)ぬ力で引き合うふたりは相手の姿が目に入るなり、飢える(う)ほどの欲情を覚えるのだとも聞いた。

かっと顔が赤くなるのが自分でもわかり、羞恥に苛(さいな)まれてうつむいた。

いま、自分はきっとみっともない顔をしているだろう。なんの経験もないのに、浅ましく快感を欲しているはずだ。

知り合ったばかりの男によこしまな感情を抱くなんて自分でも許せず、ただただ視線を落とす。

頭のてっぺんをくしゃりとかき回され、温かいものをそっと押し当てられた。

それが獅堂のくちびるだと気づき、弾かれたように顔を上げると、真剣なまなざしの男に顎を持ち上げられた。

熱い吐息が重なる直前まで、目を見開いていた。

しっとりとしたくちびるでふさがれ、息が止まりそうだ。

「……ん……」

まばたきを繰り返す中、角度を変えてくちびるが押し当てられた。はっ、はっ、とこぼれる短い呼気さえも吸い込まれ、急速に頭の中が熱く湿っていく。

誰かの肌を感じたのは初めてだ。

こんなにも熱くて、やわらかだとは知らなかった。

ついばむようなくちづけが深みを帯びていくにつれ、廣も夢中になって彼にくちびるをぶつけた。

気持ちいい。気持ちよくて、どうにかなりそうだ。

指でさらに顎を押し上げられて、自然とくちびるを開くと、ぬるりと肉厚の舌がすべり込んでくる。廣の口にはいささか大きめの舌が口内をたっぷりと満たし、淫らに蠢いた。

舌と舌が擦れ合い、じゅるっと吸い上げられると背筋が震えるほどの強烈な快感がこみ上げてくる。

「……う……っん……っぁ……」

ぴんと張った獅堂のワイシャツをぐしゃりと摑む。その下にひそむ強靫(きょうじん)な筋肉を感じ取れば、息がさらに浅くなっていく。

「あ……」

のけぞる廣に覆い被さる獅堂が両手で頭を摑んできて、髪をくしゃくしゃとかき回してきた。その他愛ない仕草にだって感じてしまう。

「……っ……だめ、です……」

「いやか？」

心配そうな声に、ちいさくかぶりを振る。

「いやじゃ……なくて、あ、……あなたのお仕事の邪魔をしてるんじゃないかって……」

まだパーティ中だ。

招待客である獅堂が、会場から姿を消していることを不思議に思うひとも出てくる頃だろう。立場がある男をこれ以上引き留められない。

彼の言うとおり運命の番だとしても、廣とて仕事中だ。ここで身を任せてしまったら、獅堂にも、菜央たちにも迷惑をかける。

わずかばかり残った理性で訴えると、「そう、だな」と獅堂が苦笑する。しかし、もう一度強くくちづけられ、激しく舌を貪(むさぼ)られた。完成された大人の男のありったけの激情をぶつけられて、目がじわりと潤む。

「すまない。私としたことが暴走してしまった。……ほんとうにいやじゃなかったか？乱暴なことをしてしまったな」

「……いやじゃないんです。それはほんとうです。すみません、僕、……経験足らずで」

「謝らないでくれ。私が悪かった。きみよりずっと大人なのに。――私は先に会場に戻るが、青埜くんはもうすこしここでやすんでいたほうがいい。きみの仲間には私がうまく言っておくから」

「でも」

「安心しなさい。私にもそのくらいの力はあるよ」

諭(さと)すように言い、獅堂は襟を正す。

艶っぽく濡れた廣のくちびるのラインを指先でゆっくりとなぞる男が、身をかがめてきた。

「日をあらためて連絡する。また会ってほしい。そのときにちゃんと話をしよう」

こくんと頷いた。

しどけなく椅子にもたれかかる廣の頭を撫(な)で、獅堂は大きな足取りで部屋を出ていった。

ぱたんと扉が閉まったあとも、広い背中を追うように、視線を宙に据(す)えていた。

――あんなひと、とくちびるに指を当てる。

あんなひと、初めて出会った。

離れた先から、もうこころも身体も獅堂を求めている。

まるで夢のようだったひとときに想いを馳せ、廣は大きく息を吐いた。

3

「ティアム……か」

スマートフォンで検索してみると、確かにペルシア語だった。聞き慣れない言葉だが、響きが綺麗だ。遠い国の言葉が、いまこうして深い意味を持って響くことがなんだか不思議だ。

獅堂の博識ぶりに感心しつつ、廣は食後の紅茶を啜る。

独り暮らしのアパートは東京下町の清澄白河にある。ファミリー層に人気のある街で、大型スーパーや病院、公園や学校が点在し、寺院も多い。大学入学を機に引っ越してきた当時は静かな街だったが、数年前にアメリカで大人気のコーヒーショップが日本第一号店をここに構えたことで、一気に注目を集めた。以来、おしゃれな美容院やカフェが次々に生まれ、一帯の家賃が高騰しているようだ。

廣の住むアパートは築年数こそ古いものの、入居と同時にリフォームされたので、ユニットバスやキッチンもぴかぴかだ。大家は昔からこの土地に住んでおり、ほかにもマンションやアパートを所有している資産家だ。まったく金に困っていないらしく、廣の住むアパートの賃上げは一切しないうえに、大家みずからアパート前のちいさな庭の手入れをしたり、ゴミ捨て場を掃除したりとマメだ。

七十代後半とおぼしき大家夫婦と顔を合わせるたび、廣は深く頭を下げていた。無理をせずに払える家賃と、穏やかな隣人たち、大家に恵まれているのはいまの時代、ほんとうにありがたい。

東京の独り暮らしはすなわち、率先して他人との接触を絶つようなものだ。隣に住むひとの年齢も性別もわからないなんてよくある話だ。普段はまったく気にならないが、突然体調を崩して寝込んだりすると、誰も頼れない。

オメガの廣もたまに発情期の症状が強く現れ、数日ベッドに伏せっきりになることがあった。そうしたとき、くらくらした頭で大家に電話をかけると、すぐさま必要な物を届けてくれる。

『ほかにしてほしいことはあるかい？』

人情家な大家に『大丈夫です、ありがとうございます』と礼を告げて、買ってきてもらったフルーツゼリーやヨーグルト、おかゆを食べ、手早くシャワーを浴びてまたベッドに戻る日々の中、つかず離れずの大家の存在は頼もしかった。

こぢんまりとしたアパートの間取りは２ＤＫ。独り暮らしには充分な広さだ。すべてフローリングで、毎朝起きたらさっと掃除機をかける。意外と埃（ほこり）が目立つので、週に一度は時間をかけて床磨きをしている。

一室はベッドルームに、もう一室にはソファとローテーブル、テレビを置いている。窓際では背の高いパキラを育てていて、青々とした緑を目にすると和んだ。テレビの隣には書棚があり、好きな本を詰め込んでいる。

幼い頃から本が好きで、文字が書かれていればどんなものでも読みあさった。小学生くらいから、あからさまな子ども向けのものよりも、ちょっと難解な大人向けの小説を好んで読んでいた自分は結構生意気だったのではと苦笑いしたくなる。だが、そのおかげで国語のテストはいつも満点だったし、丁寧に文字を書くようにしていたから、大人になったいまでも、たまに人前でメモ取りをするときなど、『字が綺麗だね』と褒められることがある。

書棚を埋めるのはミステリー小説がほとんどだが、星や神話に関するものもいくつかあった。詩集も何冊かある。疲れて帰ってきたとき、文字を追うよりも、広々とした夜空を埋め尽くす星の写真を眺めてひと息つくのも好きだ。都心に住んでいると、輝く星はなかなか見られない。

おととい、獅堂に教わった不可思議な言葉を意識の片隅にとどめ、明日は一日オフとなった今夜、やっと詳しい意味を知ることができた。

ティアム――素敵なひとに出会ったときにときめいた瞳の輝き。

あの日、獅堂の瞳は黒曜石のように深い輝きを宿し、廣を虜にした。あれが、ティアムなのだろうか。

自分がどんな目をしていたか実際のところはわからないが、強く求めてくれた獅堂を思い出すと、熱に浮かされ、物欲しげな様を見せていたのかもしれない。

「……やだな、もう」

熱い頬を擦って紅茶を飲み、ソファから手を伸ばしてかすかにカーテンを開いた。東京の春の夜は濃いめのダークブルーで染められ、星の代わりにマンションの窓の灯(あか)りがちかちかと届いてくる。

じっとしていると寒い。電気ヒーターを点(つ)け、パイル地のクッションを抱き締めながらスマートフォンを弄(いじ)っていた。

カップが空になったことに気づき、もう一杯注ぐ。スーパーで買った気に入りのブランドだ。ティーバッグでも、しっかり蒸せば美味しくなる。

二十一時過ぎ、早めに風呂に入ってベッドに入るか、久しぶりに深夜まで映画を楽しんでもいい。

前から気になっていたミステリー映画をサブスクリプションで観ようかとスマートフォンを眺めていると、軽い着信音とともにメッセージが届いた。

菜央からだ。

『遅くにごめんね。昨日、青埜くんが教えてくれたおすすめミステリー映画のタイトルってなんだっけ。ど忘れしちゃった。いまから観ようと思ってるんだけど、よかったらもう一度教えてもらっていい？』

続いて、『ごめんね！』と両手を合わせる可愛い猫のスタンプが送られてきて、頬をゆるめた。

同僚の菜央とはＩＤを交換していて、職場の情報を話すほか、たまにこんなふうに他愛ないこともやり取りする。昨日の昼休憩が一緒だった菜央に、以前観て気に入ったミステリー映画を教えたのだ。

すぐにタイトルを打ち込み、『めちゃくちゃおもしろいので、絶対ネタバレは検索しないで観てくださいね』と書き添えた。

菜央からも、『ありがとう！　いまから観る。明日はオフだよね。ゆっくりしてね』と返ってきた。

そういえば、自分もあの映画はしばらく観ていない。菜央に作品のおもしろさを伝えた際おおまかなあらすじは覚えていたが、細部のエピソードが記憶から抜け落ちていた。

だったら、今夜は彼女に教えた映画を観よう。

サブスクリプションで目当てのタイトルを探して再生してみると、薄暗い色彩の映像が始まる。邦画のミステリーは洋画に比べると、ほの暗い始まり方が多い。じわっとした怖さが感じられる邦画ミステリーが廣は好きで、サブスクリプションのおすすめに未視聴作品が上がってくると好んで観ていた。

その際、あえてあらすじは読まず、タイトルとサムネイルだけで決める。これが意外とおもしろいのだ。どんな物語か、あらすじで概要を摑むとバイアスがかかり、ミステリー作品ならではの落とし穴にはまる楽しさが半減してしまう気がするのだ。そんなことも菜央と話し合い、『わかるわかる』と盛り上がった。

見た目は平凡な眼鏡をかけた初老の男性と、彼を慕うチンピラが、凄惨な殺人事件の主犯になるのはなぜなのか——不穏な核を孕んだ物語に夢中になっていると、新しいメッセージが届いた。ふと、差出人に目を止め、どきりとした。

「獅堂さん……」

あの夜からずっとこころを占めていた男からのメッセージに胸を高鳴らせ、アプリをタップする。

『遅くにすまない。まだ起きているかな？　きみのことが忘れられなくて、迷惑かと思ったがメッセージを送った。青埜くんの次のやすみはいつだろうか』

思わぬ文面を三度読み、冗談ではないことを祈りながら返信を書いた。

『こんばんは、まだ起きてます。ちょうど、明日がオフです』

——僕も忘れられませんでした、と書けなかったのは、『そうなのか』と素っ気なく会話が終わることを恐れたからだ。

三紅商社に勤務する獅堂が忙しい身の上であることは容易に想像できる。そんな男がたわむれにメッセージを送ってくるとは思えないが、こちらからいきなり深いところに触れるのは怖い。

廣の胸中を悟ったかのようにすぐに既読マークがつく。

『よかった。私も明日は午後からオフなんだ。一緒に出かけないか？』

『いいんですか？　お忙しいでしょう』

『大丈夫。仕事は昼で終わりだから、どこかでデートして、夕食を一緒に食べたい。どうだろう？』

デート、という単語に目を瞠る。

獅堂から蠱惑的な誘いを受けるなんて信じられない。

からかってるんですかとか、冗談ですよねとか返すこともできたが、自分だってもう一度会いたいと思っていたのだ。

その気持ちを変に隠すことはしたくない。

『ご迷惑じゃなければ、ぜひ。嬉しいです』

『きまりだ。なら、十四時に品川駅で落ち合わないか』

『わかりました。楽しみにしてます』

どきどきしながら、『ありがとう！』と台詞がついた人気ゆるキャラのスタンプを送ると、すかさず獅堂も同じようなスタンプを返してきて、つい笑ってしまう。

やり取りが終わったあともメッセージ画面を長いこと見つめ、胸にスマートフォンを押し当てた。

甘い予感に、ふわりと熱がこころの奥底で花開くようだった。

4

寝る前に見た天気予報では曇りのち雨と出ていて心配したが、翌朝はやわらかな春の青空が広がっていた。

パステルブルーの空にほわほわとした綿飴のような雲が浮かび、廣は微笑みながら朝食を取り、洗濯機を回してシャワーを浴びた。

髪を乾かしたあと洗濯物をベランダに干したら、早速出発だ。

なにを着ていこうか、散々迷った挙げ句、昨年買って気に入っているレモンイエローのコットンシャツにオフホワイトのパーカ、ネイビーのジーンズを合わせた。

カーキのボディバッグを背負い、軽い足取りで品川駅に向かう途中、喉の渇きを覚え、自販機で冷たい緑茶のペットボトルを購入した。

そろそろ四月がやってくる。気温差が激しい季節で、今日はすこし汗ばむほどの陽気だ。

電車に乗っている間にパーカを脱いで肩にかけ、約束の十分前に待ち合わせ場所に着くと、「青埜くん」と朗(ほが)らかな声が聞こえた。

改札を出て正面の柱のところに立っていた獅堂が手を振っている。午前中仕事だったせいか、今日もスーツ姿だ。洒脱(しゃだつ)なネイビーのスーツが、彼の精悍な風貌によく似合っていいる。その整った容姿は案の定人目を引き、通り過ぎるひとびとがちらちらと視線を送っている。

小走りに駆け寄り、頭を下げた。

「すみません、お待たせしてしまって」

「ぜんぜん。私のほうがそわそわして早めに来てしまった」

その気にさせるのがうまいなと面映(おもは)ゆく思い、並んで歩き出した。

「どこ行くんですか？」

一緒に出かけようと誘われただけで、行き先はとくに聞いていなかった。

「青埜くんに気に入ってもらえるといいんだが。私は時間が空(あ)くと、たまに来ているんだ」

どうやら、獅堂のお気に入りスポットに連れていってもらえるらしい。

どんな展開になるかわからないまま足を踏み込む感覚は、ミステリー映画を観るときの好奇心に似ていると気づいた頃、廣と獅堂は真っ白な建物の戸口をくぐり、チケット売り場で大人ふたり分の入場券を買った。

彼が連れてきてくれたのは、水族館だ。

「私に出させてほしい」

「でも」

「私が誘ったんだ。気にしないでくれ。たいした金額じゃないから」

「ありがとうございます。なんか、すみません」

「あとでお茶でもごちそうしてくれないか？」

笑いかけてくる獅堂にほっとし、「喜んで」と答えた。出会ったばかりの男におごられるのは、さすがに気が引けると思っていたところだ。そういう点にも素早く気づく獅堂は、さぞかし多くのひとから想いを寄せられていることだろう。

臆する気持ちはまだあるが、おどおどし続けているのも違う気がする。獅堂に会いたいと思ってここに来たのは自分の意思なのだから。

水族館の入り口では、海の浅瀬に棲む生き物たちを紹介していた。

「海なんてしばらく行ってない……」

「私もだな。もうすこし時間に余裕があった頃は車を飛ばして湘南や房総半島まで行っていた。昼頃に着いて、コンビニで買ったおにぎりを砂浜で食べて、夕暮れまでのんびり空を眺めて過ごすのが好きなんだ」

「素敵なリフレッシュですね」

「青埜くんは？　きみはどんなリフレッシュ方法を取っているんだ？」

「僕は、そうですね。映画鑑賞が好きなので、気になる新作があるときはできるだけ映画館に行きます。旧作の場合はサブスクリプション頼りですけど、やっぱり映画は大きなスクリーンで観るのが一番だし」

「映画か。ここ最近観てないな。おすすめはあるか？」

「んー……なにかお好きなジャンルってあります？」

青い水がたゆたう館内を歩きながら問いかけると、獅堂はすこし思案し、「……サスペンスかな？」と言う。

「僕と同じです」

わずかな共通点を見つけてこころが浮き立つ。

「なにかある？」

「ありますあります。ちょうど昨日観返した作品なんですけど……」

話しているうちに熱がこもる。せっかく水族館に来たのだから海洋生物を楽しめばいいのにと意識の片隅で思いながら、あらすじを聞かせると、獅堂は興味深そうに相づちを打ってくれる。

最初に出会ったときにも感じたことだが、獅堂は聞き上手だ。廣の話を興味深げに聞いてくれ、ほどよいところで質問を投げかけてくる。おかげで、一方的に話してあとで悔やむということもなく、互いに話が弾むという絶妙なバランスを保てた。

「あ、ペンギン」

視界の隅に黒と白の可愛い生き物が映り込んだことで近づいてみると、ガラスの窓越しにペンギンたちがよちよちと歩いていた。タイミングよく飼育員が餌やりに来て、青いバケツから小魚を放り投げる。お腹も空いているのだろうが、飼育員に懐いているらしいペンギンが足下に擦り寄っている姿も可愛い。

「可愛いな。ペンギンを間近で見るなんて、小学校の遠足以来かも。獅堂さんは海の生き物で好きなのはなんですか？」

「どれも好きだが、やっぱり一番はクジラだ。雄大で、海の王者らしくゆったりと泳ぐ様には憧れるな」

「クジラかあ……僕も好きです。あの大きな背中に乗れたら楽しいでしょうね」

「ここで大きな生き物と言ったらシャチだ。見に行こうか」

ごく自然に手を掴まれ、とくとくと鼓動がはやり出す。

この手に頭を鷲掴みにされ、深くくちづけられた日からそう時間は経っていない。

巨大な水槽に向かう間、ちらっと獅堂の横顔を盗み見た。軽くかき上げられた黒髪、すっきりとした額、とおった鼻筋。なにより目を引くのは、すこし厚めのくちびるだ。微笑むとどこか少年っぽさが滲(にじ)み出るし、真剣な顔になると色香が漂う。

誰もが羨(うらや)む要素をすべて持っているような男に、しばし見とれてしまった。

「そんなに熱い視線を受けるなんて光栄だな」

「あ、……すみ、ません」

ぼうっとのぼせるような目つきをしていただろう己を恥じてうつむくと、きゅっと手に力がこもる。

「謝ることなんかひとつもない。私だって隙あらば青埜くんを見たいくらいだ」

「……からかってますよね」

「いや、まったく」

軽い口調だが、嘘は感じられない。

獅堂の言った言葉を思い出す。

『きみは、私の運命の番だ』

あれは、ほんとうだろうか。

確かにいままで感じたことのない情欲に襲われた。派遣会社に登録するにあたってアルファの社長と面接したが、特別なにも感じなかった。

獅堂と出会ったパーティだってそうだ。あそこには彼以外にもアルファがいた。自分がもし、誰彼構わずフェロモンで引き寄せてしまうのだとしたら、獅堂のほかにも男女が群がっていたはずだ。

しかし、強く、甘やかな痺れを感じたのは獅堂だけ。

激しいキスを受け止めたあと、しばらく熱が身体の中で暴れ狂っていて、抑制剤を飲む始末だった。

「――あのときはすまなかった」

ふいに獅堂が呟き、廣は驚いて振り向いた。

「きみの意思を無視してキスしてしまった。どうにも歯止めが利かなかったんだ。青埜くんよりずっと大人なのに恥ずかしい」

「獅堂さんって、おいくつなんですか？」

「三十五だ。きみは？」

「二十四歳です」

「思ったとおり、若いな。パーティ会場にはたくさんのホテルスタッフがいたが、とりわけ青埜くんは光り輝いていたよ」

「そんな、褒めすぎです。僕の同僚に行成菜央さんって女性がいて、一緒にあの会場にいたんですけど、彼女を見たら、獅堂さん絶対に目を奪われてましたよ。僕から見ても、菜央さん綺麗ですもん」

「その菜央さんも素敵な女性だろうが、私はきみがいい」

だめ押しのように言われて頬が熱くなる。

左端の水槽で、シャチがのんびりと泳いでいた。そのおおらかさにこころ奪われたふりをして、廣は水槽を見上げる。

「大きいですね……」

「ああ。ここのシャチも立派だが、沖縄にはもっと大きなシャチがいるんだ。もちろんクジラも。青埜くん、沖縄に行ったことは？」

「残念ながら、ないです」

「いいところだぞ。華やかな中心地を外れると、突然サトウキビ畑が広がる。どんどん街灯もすくなくなって、海の近くで車のライトを消すと、頭上には宝石をちりばめたような星空が広がっているんだ。ほら、ちょうどここで泳いでいる魚たちのように」

青い世界で泳ぐ魚たちのうろこはきらきらと銀色に光り、まるで星屑(ほしくず)のようだ。

「海の中にも星が輝いているみたいですね。沖縄の海はもっと綺麗なんだろうな」

「今度、一緒に行かないか」

「え?」

手を摑んでくる獅堂が「だめか?」と振り向く。

そんなやさしい声で聞かないでほしい。なにも考えないうちから頷いてしまいそうだ。

「獅堂さん……僕のことなにも知らないのに」

「これからすこしずつお互いのことを知っていけばいい。こうして触れ合いながら」

低い囁きのあとに、甘い熱が頰を掠めた。

軽くくちづけられたのだと気づき、慌てて周りを見回した。くくっと肩を揺らす獅堂を頰を赤らめながら睨(にら)んだが、迫力に欠けることとくらい自分でもわかっている。

黒い巨体でしなやかに泳ぐシャチに後ろ髪を引かれながら水槽を離れ、あちこち歩き回ったところで、「すこし休憩しよう」と言う獅堂に手を引かれて、館内のカフェに立ち寄ることにした。

「ここからもシャチが見えるんだ」

「ほんとだ」

高い天井から床まで一面ガラス張りになっている水槽に沿って作られたカフェでは、数組の客が語らっていた。廣と獅堂はコバルトブルーに染まる水槽脇のテーブルに陣取り、そろってミルクティを注文する。

「お腹は減ってないか？」

「すこし」

「じゃ、チーズケーキを食べようか。ここのケーキ、結構美味いんだ」

楽しそうな獅堂に頷いて座り直す。円形のテーブルはそう大きいものではないので、身を乗り出すと密談を交わしている雰囲気でなんだか落ち着かない。

胸がときめくのも、キスをしたのも、獅堂が初めてだ。

ほんとうに運命の番であれば、噂に聞くようにいきなりアルファの獅堂に襲いかかられてもおかしくない。だが、獅堂は急くことなく、テーブル越しに伸ばしてきた指で廣の眉間（みけん）をつつく。

「そう緊張しないでくれ。ここ、難しそうな皺（しわ）が寄ってる」

「す、すみません」

やさしく眉間を撫でられ、じわっと身体が熱くなる。

感情のアップダウンをすべて獅堂に操られているようだ。そう思うものの、悪い気分ではない。たぶん、獅堂が強引ではないからだろう。巧みなリードの端々に細やかな気遣いが感じられる。

年齢も社会的地位も獅堂のほうが上なのに、廣を萎縮させるような仕草はどこにも見当たらなかった。

生まれ育ちがいいのだろう。三紅商社で働いているのだ。ひと一倍タフだろうし、頭の回転が速く、物腰のやわらかい獅堂が日々どんな仕事ぶりを見せているのか、知りたい。

「獅堂さん、普段はどんなお仕事をされているんですか？」

問いかけに、獅堂はにこりと笑う。

「ひとに会うことが多いな。商談をまとめる立場にあるから」

「すごい、正真正銘のエリートなんですね」

「どうだろう。私は自分に課せられた責務をまっとうしているだけなんだが、すこしは会社の役に立っていることを願うよ」

「獅堂さんの下で働くひとはやる気にあふれてるでしょうね。頼りがいのある上司に見えます」

「ほんとうに？」

「ほんとうに」

いたずらっぽく目をのぞき込んでくる獅堂が頬杖をつき、ひとつ息を吐く。

「運命の番であるきみに隠しごとをするのは気が進まないから、先に打ち明けておくよ。私は、いずれ三紅商社を率いる立場にある」

「それって……」

「父は三紅商社の現社長で、私は専務取締役だ」

まさか。

　三紅商社は世界にその名をとどろかせる一大企業だ。品のある獅堂はそれなりの地位にいるだろうと想像していたが、クジラのごとく勇姿を誇る次期社長だとは思いもしなかった。

「あの……」

　一介の派遣スタッフが軽々しく口を利いていい相手ではない。瞬時に悟り、頭を下げた。

「すみません。いろいろと失礼なまねをして。あなたが三紅商社社長のご子息だと最初から知っていたら、あんなこと――」

「あんなことって、どんなこと？」

　誘導する声に、かっと身体が火照(ほて)る。

　はしたなく獅堂のキスを受け止めたあの夜が鮮やかによみがえり、身の置きどころがない。

「……あの、それは……なんというか……」

「触れ合った瞬間、互いに発情したことを悔やんでるか？」

　ひそめた声にしばし迷ったものの、結局頷いた。

「あなたがそんなに偉い方だって知っていたら……」

「逃げていたか？」

　ぎゅっとカップを摑んだ。それを包み込むように、しっかりとした骨組みの手が被さってくる。

「せっかく出会えたのに、青埜くんは逃げたかったか？　私の肩書きは確かにそこそこの力を持っているかもしれないが、きみを圧するものではない。ただ、これからもっとお互いを知っていくために、先に身元を明かしておきたかっただけなんだ。もしすこしでも疑いが残るようだったら、この名刺に書かれた電話番号に連絡してほしい。私の秘書が出る」

獅堂は焦げ茶のカーフでできた名刺入れから一枚の紙を取り出し、そっとそれをすべらせてくる。

上質な紙には三紅商社と専務取締役という肩書きの下に、獅堂の名前が黒々と刻み込まれていた。どこかで見たことのある三紅商社のシンボルマークもある。電話番号は三つあった。ひとつは「代表」と書かれた番号。もうひとつは「専用」と書かれた番号。そして最後に、「個人」と書かれた番号。

「このふたつめが私の秘書に繋がる。きみには私に直接繋がるメッセージアプリのＩＤを伝えてあるが、万が一なにかの事情で連絡が取れないときは、遠慮せずにここにある電話番号に連絡してくれ。今度、秘書に紹介する」

穴が空くほど名刺を見つめ、ためらいながら獅堂と視線を合わせた。

「……ここに書かれている赤坂の本社に行ったら……獅堂さんが専務取締役としてお仕事されていらっしゃるんですか」

「そうだ。会社見学に来るか？　社長室ほどではないが、私のオフィスから見える景色も悪いものじゃないぞ」

　無邪気に微笑む男に、ふっと脱力してしまった。

「ほんとうに……専務取締役さんなんだ……すごすぎて、なんて言えばいいか」

「一緒にいてつまらないだろうか」

「そんなことないです。絶対にない」

　必死に首を振る廣に、獅堂は嬉しそうな顔で紅茶に口をつける。そこへ、チーズケーキが運ばれてきた。二名分頼んだのかと思ったが、届いたのはひと皿だ。

　フォークで艶やかなケーキの先端を切り分けた獅堂が、「口、開けてごらん」と言う。

「え？　え？」

「あーん、だ」

「あの」

「いやか？」

　眉根を下げる彼の顔に弱い。あたりをさっと見回し、ちいさく口を開いた。

「あ……あーん」

「どうぞ」

　お腹を空かせている雛(ひな)のように口を開けた廣に、獅堂が微笑みながらフォークを運んでくれる。

「……美味しい」

「だろう？」

爽やかな甘酸っぱさはくせになりそうだ。口の中で蕩けるチーズとレモンの風味を楽しみ、顔をほころばせた。

「水族館でこんなに美味しいケーキが食べられるんですね」

「驚いただろう。私もたまたまここに寄ったときにこれを注文して、思いがけない美味しさにはまったんだ。さあ、もうひと口。あーん」

「……あーん」

恥ずかしいが、獅堂の甘やかな表情と仕草からは逃れられない。

お返しをしようかと思ったが、獅堂は残ったケーキを美味しそうに平らげ、「うん」と頷く。

「やっぱり美味しい。きみと一緒だからなおさらだな。――あ」

声を上げた獅堂に首を傾げると、さりげない感じで廣のくちびるに触れてきた。温かな指先に身体を震わせたことに、獅堂は気づいたのか気づかなかったのか。

「ケーキのかけらがついてた」

そう言って、自分のひと差し指をぺろりと舐める。

初めて抱き締められたときも、獅堂の腕の中に吸い込まれたようだった。他人の感情を読み取るのがうまく、距離を縮めることが得意なのだろう。それがとても自然なものだから、アルファから身を守らねばならぬ廣でも気を許してしまう。

くちびるに残った熱を思い出すように指でそこに触れると、「もう一度」と獅堂が低く囁く。

「もう一度触れてもいいか?」

「……え?」

「ここじゃない場所で」

秘密めいた声に頭の中が熱くなる。

ここじゃない場所——それはどこだろう。ひと気のない公園とか、終電間際の駅のホームの片隅とか。

それとも、どこかの部屋だろうか。

獅堂が住む部屋とか。

それともホテルとか。

考えれば考えるほどくらくらしてきて、獅堂と目を合わせるのがつらくてうつむいた。

まっすぐ視線を絡めたら、好奇心と不安が入り交じる胸の裡(うち)を知られそうだからだ。

獅堂の指が今度は頰に触れてきて、「青埜くん」と呼びかけられた。

「私を信じて、一緒に来てくれないか」

「どこへ?」

「怖らがせるのは趣味じゃない。ふたりきりになれる部屋に行きたいんだ。そこできみのことをもっと知りたい。いやか?」

一歩深いところに踏み込むとき、獅堂は「だめか？」と許しを請うのではなく、「いやか？」と廣の感情を優先してくれることにいまさらながらに気づいた。

獅堂はやさしく、誠実なひとだ。地位も名誉もあり、その立場にふさわしく話術に長けている。しかし、それを振りかざすのではなく、あくまでも廣の意思を尊重してくれる。世界を統べるアルファならば、力尽くでもオメガを引き倒し、我が物にしてもおかしくないのに。

だったら、自分も自分なりの言葉を探すだけだ。そそのかされるのでもなく、引きずられるのでもなく、いま一番己に正直な気持ちを、彼に。

「連れてって、ください」

「いいのか？」

確かめるような獅堂の声にこくりと頷いた。

「私とふたりきりになるのは怖くないか？」

「たぶん」

「きみのこころを裏切らないと約束するよ。行こうか」

伝票を取り上げて席を立つ獅堂に、慌てて「ここは僕がお支払いします」と告げた。

「いいのに、これくらい」

「だって、さっき、約束しましたし」

ボディバッグから急いで財布を取り出すと、獅堂は「わかった」と微笑む。

「じゃあ、ありがたくごちそうになろう」

「こちらこそ」

しっかりと伝票を握り締め、彼の歩幅に合わせて歩き始めた。

水族館からタクシーに乗って連れていかれたのは、東京駅の、廣でも知っているホテルだ。

「室内の窓から見える景色が綺麗なんだ」

「東京駅自体もレトロでおしゃれですよね」

「そうそう。地方に仕事で行って、こっちに帰ってきたら自宅までタクシーを使うんだが、あの赤い建物を見るたびに東京のよさを実感するよ。緑や星空とは無縁の街だし、とにかくひとが多いし、けっしてひと言で『いい街だ』とは言い切れないが、生まれ育った場所だからね。東京タワーもほっとするシンボルだ。青埜くん、きみの生まれは？」

「東京です。と言っても下町ですが。都心みたいな賑やかさはない反面、住みやすいです」

「確かに。今度ぜひ、きみの部屋にも行ってみたい」

獅堂はにこやかな笑みを浮かべて迎え出てくれたホテルマンと言葉を交わし、カードキーを受け取って振り返る。

「行こう」

手を引かれ、じわじわと湧き上がる熱を感じながらエレベーターに乗り、七階の部屋を目指す。

まだ十六時過ぎだからか、ホテル内はしんと静まり返っている。

「ここは食事も美味しいぞ。あとで一緒に食べよう。ホテル内のレストランでもいいし、ルームサービスでもいい」

「どうかお気遣いなく」

平静を装ったはずだが、わずかに語尾が震えた。獅堂はそのことをとくに指摘するわけでもなく、廣の手を摑み、うやうやしく部屋にいざなってくれた。

彼がリザーブしたのは、七階の角部屋だ。

「どうぞ」

獅堂が開いた扉を押さえてくれたので、頭を下げながらその脇を通り抜けた。

室内は落ち着いたダークブラウンとネイビーを基調とし、ところどころに深みのあるゴールドの装飾が施されている。

スイートルームだ、と獅堂が教えてくれたとおり、広いリビングには大型のソファセットがあり、隣には十人以上が入れるミーティングルームがある。

「キッチンはこっちだ。冷蔵庫にあるドリンクは好きに飲んでくれ。せっかくだから、乾杯しようか。青埜くん、シャンパンは?」

「好きです」

「よかった。ソファに座って待っていてくれ」

「あの、僕もなにかお手伝いします」

一大企業の重役をこき使うわけにはいかない。そう思ったのだが、「いい。これくらいやらせてくれ」と横顔で笑う獅堂に文句をつけることもできないから、遠慮がちにソファに腰を下ろした。

ほどなくして、金色に輝くシャンパンを注いだグラスをふたつ持った獅堂が隣に腰かける。

「さあ、どうぞ」

「ありがとうございます」

細長いシャンパングラスを受け取り、「乾杯」と微笑む獅堂とグラスの縁を合わせた。

口内で弾ける軽い泡の感触に緊張がほぐれて口元をゆるめると、獅堂がすこしだけ肩を寄せてきた。

「口に合ったか?」

「すごく美味しいです。……というか、こんな高級そうなシャンパンを呑んだの、初めてです」

「普段アルコールはたしなむほうか?」

「たまに。そんなに強くないので、缶ビールも途中で酔っちゃいます」

「酔ったらどんなふうになる?」

「わかりやすいくらい顔が真っ赤になって、よく喋る……らしいです。同僚の菜央さんが言ってました。菜央さん、いいひとなんですよ。僕と同じオメガで、ほんとうに美人です。いろんなひとに声をかけられるけど、『もう恋人がいるから』ってきっぱりお断りするんですって。ちゃんとしてますよね。気さくで、明るくて、僕があのホテルに派遣されたときからとても親切にしてくれてます」

とりとめのないことを口にすると、獅堂が可笑しそうに肩を揺らす。

「菜央さんに恋人がいて安心したよ。その相手は、運命の番かな?」

「どうなんでしょう。そこまで聞いたことないですが、年末には籍を入れるって聞いたな。ちいさな披露宴を開く予定で、内々に僕も招待されてるんです。僕、一度も花嫁さんと花婿さんを見たことがないので、いまから楽しみなんですよ。獅堂さんはお式に出たことあります?」

「仕事の付き合いで何度か。私自身、いい加減家庭を持ったほうがいいんじゃないかと両親からしょっちゅう小言を言われているよ。持ち込まれた見合いの数も覚えてないくらいだが、人生の伴侶は自分できめたい。そして、その相手はきみだ」

視線が交差し、ふわっと身体が熱くなる。

どれだけ酔わせてくれるのだろう。獅堂というのは、どんな酒よりも強い男だ。

「……もう、そこまで言われると信じちゃいますよ……」

「信じてくれないのか？　どうしたらきみに惹かれる想いをわかってもらえるんだろう」

なおも言葉を重ねてくる獅堂にこころをかき乱され、おずおずと彼の広い肩に頭をもたせかけた。

「こういうの……慣れてないから、どうしていいかわかりません」

「なにも疑わなくていい。私を信じて、瞼（まぶた）を閉じてくれないか」

獅堂の言うとおりにしたらどんなことになるか、経験足らずの自分でもうっすらと想像できる。アルファとオメガの間で行われる事柄は、昔、学校で学んだのだ。

何度かまばたきし、グラスをぎゅっと摑んだまま、意を決して瞼を閉じた。

視界が闇に覆われる中、熱を帯びたくちびるが触れてくる。その艶（なま）めかしさに、身体から力を抜いた。角度を変えてキスされるたび、指先から蕩けそうだ。

「……っふ……」

浅く息を吐き出すのと同時にグラスを取り上げられ、両腕が背中に回ってきた。

逞（たくま）しい胸の中に抱き込まれると、温かな巣に戻った雛のような気分になる。

くちびるを甘くついばまれてうっとりしていると、熱い舌がするりとすべり込んできた。

濡れた舌に搦（から）め捕（と）られ、きつく吸い上げられることで、安堵（あんど）が一気に快感へとすり替わる。

「あ……っ」

びりびりと全身を駆け抜ける甘やかな痺れは、オメガならば誰でも感じるものなのか。

口内をまさぐる舌は淫靡（いんび）に濡れていて、上顎や歯列を丁寧になぞり、たっぷりとした唾液を伝わせてくる。それをこくりと飲み干し、吸い寄せられるままに獅堂に身体を預けた。

しだいに激しくくちびるを貪られ、獅堂の勢いに呑み込まれそうだ。だけど、一片たりともやめてほしいなんて思わない。それどころか、このじゅわじゅわとした快楽の源泉がどこにあるのか、教えてほしいくらいだ。

「……獅堂、……さん」

掠れた声で囁けば、獅堂が両手で頬を包み込んでくれる。

「ベッドに行こう」

「……はい」

ふらふらと立ち上がり、肩を抱かれてベッドルームに足を踏み入れた。獅堂が窓のカーテンを閉めに行く間、力が抜けてすとんとベッドの端に腰を下ろす。

なめらかなネイビーのベッドカバーに指先で触れ、いまからここで組み敷かれるのだと思うと、逃げ出したいような、はしたなく乱れたいような、どっちつかずの心境だ。

じっとしていられずそわそわしていると、獅堂が戻ってきて目の前に立ち、ばさりとジャケットを脱ぎ落とす。引き締まった胸、高い位置にある腰、がっしりとした手と順に視線でたどり、もう一度顔を上げたところで大きな身体が覆い被さってきた。

すっぽりと抱え込んでくる逞しい身体にしがみつき、再びくちびるを重ね合わせれば、目眩がするような快感が襲いかかってくる。

「ん……っぅ……っ……」

これがまだ三度目のキスなのに、獅堂は最初から廣の弱いところを知っているらしい。感じるところを的確に探し当て、じっくりと攻めてくる。

とくに感じるのは、舌先だ。軽い感じで甘嚙みされるとじわじわとした疼きがこみ上げてくる。身体の奥でとろりと蜜が垂れ落ちるような感覚にとまどい、無意識に獅堂の胸を押し返した。このまま先に進んだら、痴態を晒してしまう気がしたのだ。なんの経験もないのにみっともなくよがる姿を目にしたら、さしもの獅堂も興が醒めるかもしれない。それが怖かったのだが、先回りするように獅堂が低く囁く。

「青埜くんのすべてを見せてくれ。快感に振り回されるきみが見たい」

「でも……！　……僕、なんの経験もなくて、あなたをがっかりさせると思います」

「その根拠は？」

笑いを含んだ声にぽかんとした。根拠、なんて考えてなかった。

「……慣れてないから、獅堂さんを楽しませられない気がして」

「ばかだな、きみは」

頬をつうっと撫でてくる獅堂の指先がやさしい。

「慣れてる、慣れてなさそうだということできみを誘ったわけじゃない。きみに出会ったとき、私は生まれて初めて胸がときめいたんだ。運命の番だから理性よりも魂で惹かれ合ったのかもしれないが、ひと目惚れしたと言っても過言ではないね」

「僕のどこがそんなに気に入ったんですか？」

「すこし大きなスーツを着て、懸命に仕事をしている姿がまず目に留まった。それから、私のジャケットを丁寧に扱ってくれたところにも好感を抱いた。この子は初対面の相手にも誠実に接するんだろうなと、ね」

「でも、でも、獅堂さんほどの立場だったら、きっと仕事のできる秘書がいて、あなたを慕う部下がいて、あなたと取引したいと願う相手もたくさんいて——」

「つまらない愚痴できみの気を引くつもりはないが、この立場だとどうしても打算的な付き合いばかりになる。私個人の気持ちよりも、私の肩書きを利用したくて近づいてくる相手には事欠かないよ」

なんでもないふうに言うが、獅堂の瞳の底にうっすらとした諦めがひそんでいた。

廣が考えている以上に獅堂が住む世界は力を競い合うものなのだろう。三紅商社の専務取締役という多くのひとが憧れるであろう立場の彼を前にしたら、どんな潔癖な者でも、恵まれた容姿を持つ者でも、獅堂に屈するに違いない。

自分がその立場だったらどうするだろう。力にも金にも見た目にも恵まれ、そしてなによりアルファという絶対的な権力を持っているとして、会うひとすべてから媚(こ)びへつらう態度を感じ取ったら、人間不信に陥(おちい)るかもしれない。

「さっきも言ったが、両親にはしょっちゅう身を固めろと見合い話を持ちかけられた。だが、私の人生は私だけのものだ。生涯をともにするパートナーは自分で見つけたいとずっと思ってきた。そこに現れたのが」

「……僕？」

「そうだ」

頷く獅堂が一夜限りの快感を分かち合うために、経験足らずでなんの後ろ盾もない自分をわざわざ選ぶとは思えなかった。いや、でももしかしたら、継続的な関係を持つよりも、一時の関係で終わらせるのに自分のような相手のほうが獅堂にとっては手軽で都合がいいのかもしれない。

ぐるぐると思考をめぐらせる廣を勇気づけるように、獅堂がぽんと頭に手を乗せてきた。

「けっして無理強いはしたくない。いくら運命の番だと本能で感じていても、出会って間もない青埜くんにいやな思いはさせたくないんだ。きみにとって、これが初めての経験になるなら、なおさらだ。私はこれまでセックスフレンドは持ったことながい。恋人はふたりいた。どちらもベータだ。ただ、私の仕事がどうしても忙しくて愛想を尽かされたんだよ。情けない話だろう？」

「そんなことありません。——過去お付き合いした方には運命を感じなかったんですか？」

こころに浮かんだ疑問を正直に口にすると、獅堂は静かに首を横に振る。

「感じなかった、と言えば嘘になる。ベータだとわかっていても、もしかしたらこのひとは私と将来を歩んでくれるだろうかと思い込んで二度ばかり恋のようなものをしたが、仕事に打ち込んでしまう私に相手が醒めて去っていくとなったとき、とくに引き留めなかった。未練はなかったよ。ひょっとしたらこのままひとりで生きていくのかもしれないと思っていたからな。それが、青埜くんと手を触れ合わせた瞬間にすべてがひっくり返った。まさに青天の霹靂だ。——私に幻滅したか？」

すぐさま大きくかぶりを振った。

まさか、彼がここまで明かしてくれるとは思わなかったのだ。

獅堂ほどの男なら、その見た目と立場を利用して、どんな相手も時間をかけずに意のままにできるだろうに。こんな回りくどいことをしてまで、刹那的な快感を持とうという者が現実に存在していたら人格を疑う。

「……ごめんなさい。ここに来たのは僕の意思なのに、面倒くさいことを言って」

「とんでもない。しばらく付き合ってから身体を重ねるのが自然な流れだと思うが、私ときみはまだ二度しか会ってない。なのに、私はきみをベッドに誘った。私を突き飛ばして逃げられるかもしれないとひやひやしながらね。それでも、きみのすべてがほしかったんだ。ほかの誰かがきみの虜になってしまう前に」

これ以上ないくらいの情熱的な言葉に廣はこくこくと頷いた。まるで、魔法にかかったような気分だ。

これが一度きりの魔法でも構わない。初めての相手が獅堂のようなやさしくて熱っぽい男なら、すべてをゆだねていい。

たとえ、巧妙に騙されたとしても、この先、獅堂ほどときめく相手には出会えない気がする。

だから、意を決して今度こそ自分の意思で彼の胸に飛び込んだ。

「僕に、快感を教えてください」

「いいのか？　朝まで寝かせないぞ」

冗談混じりの声に顔を上げ、深い色を宿す獅堂の瞳をまっすぐ見つめた。

「いい……獅堂さんになら、どんなことをされてもいい」

「きみは男殺しだな」

くすりと笑う獅堂がのしかかってきて、「約束する」と呟く。

「やさしくしたい。青埜くんのいやがることはけっしてしない。……もし私が暴走しそうになったらいやだと言ってくれ」

その言葉に頷くと、もう一度くちびるをふさがれた。大きな手で衣服を剝ぎ取られ、裸にされる間わずかな羞恥を覚えたが、逃げたくない。

剝き出しになった胸をじっと見下ろす獅堂が、そうっと舌先で尖りを押し上げる。感じたことのない艶めかしさは廣をいとも簡単に振り回す。

「ん……ッそこ……そんな、とこ……」

声を掠れさせた。いくらオメガとはいえ、男の身体だ。女性とは違って胸で感じたりしないのに、獅堂はちゅくちゅくと乳首を舐り、もう片方を指で転がす。最初はくすぐったいだけだったが、しだいにそこがじわっと疼き、根元から勃ち上がるのが自分でもわかる。

「ああ、真っ赤になっていじらしいな。自分でここを触ったことはないか？」

「ない、っ……です……」

「だったら、とことん感じさせてあげよう。オメガの身体はとても敏感で繊細だと聞いている。私なしではいられなくなる身体にしたい」

ふっくらと腫れ上がる乳首に息を吹きかけられるだけで、ひくんと身体が跳ねた。

性的な誘惑に弱いオメガだから、胸でも感じてしまうのだろうか。

違う。獅堂が相手だからだ。

理性よりも身体が、運命の番は獅堂だと伝えてくる。

「……く……っぅ……あぁ……ッ！」

乳首を一層ねっとりと噛み転がされて、部屋に響くほどの声を上げた。

「あ、ぁ、ッ、しどう、さん……っ」

つきつきと突き上げてくるような刺激に夢中になる廣の下肢に、熱い手が被さってきた。

「んん……っ」

「勃っているのがわかるか？」

根元から握られてゆったり扱かれると、どうしようもなく腰が揺れる。

発情期だって、廣はあえて自慰に耽ることをしなかった。身体の底から沸き起こる渇望を処理するためにはつたなくてもそこに触れて射精したほうが楽なのに、ひとり部屋に閉じこもって白濁を放つ自分がだらしない気がしていやだった。オメガがそういう生き物だとしても、ぎりぎりまで抑制剤で我慢し、意識が途切れそうになるときだけ、仕方なく自分で下肢を弄った。

いま、獅堂が触れている肉竿は先端から絶え間なくしずくをこぼし、彼の手を濡らしている。

「ん……ッ……ごめん、なさい……ごめんなさい……」

うわごとのように呟く廣の肉茎の先端をまぁるく捏ねる獅堂が、「どうして謝るんだ?」と囁いてきた。

「だって……そこ、……自分でも、あまり触らない、から……」

「私のすることに反応してくれてるのが嬉しい。青埜くんの身体は正直で可愛いよ。もっときみを泣かせたくなるな」

「う……ん……っ」

びくびくと身体を震わせて獅堂の愛撫に応え、さらりとしたシーツをかかとで蹴った。

だんだんと激しく擦られ、奥底から射精感が募る。

「……だめ……っ……も、……もう……出る……っ」

「イきたいか?」

「ん……っイきたい……!」

強い衝動に従って声を搾り出すと、肉茎の裏筋を爪先でかりかりと引っかかれ、輪っかにした指できゅうっとくびれを締めつけられてひとたまりもない。

「あぁ……っ……イく……！」

ぴんと背筋をのけぞらせたとき、深いところからどっと熱が噴き出る。

「あ……あ……っ……はぁ……ッ……」

身体の芯が蕩けるような絶頂に身を任せ、獅堂の手の中にとくとくと蜜を放った。

高みに昇り詰めたばかりの肉茎を巧みに扱く獅堂が、多すぎる廣の白濁を指ですくってそのまま窄まりを慎重に探る。

固く閉じるそこを乱暴に暴き立てることなく、獅堂の指はやさしく孔の縁を撫で回してきた。数すくない自慰でも、後ろに触れたことは一度もない。

だが、達した直後でやわやわと縁を押されたり揉まれたりしているうちに、身体の奥底がむずむずしてきていたたまれない。

「……そこ、……するんですか……？」

「ああ、いまから私が挿る。きみにはすこし大きいかもしれないな。痛かったり苦しかったりしたらすぐにやめるよ」

「……はい……」

ここまで来たら、獅堂を信じるだけだ。

熱を持った指先で丁寧にほぐされ、孔がだんだんとやわらかくなっていく。白濁をまとった指がちゅぽっと音を立てて中に挿ってきた。ごく浅い場所で内襞をぐるりと撫で回す獅堂の指を思わず食い締めてしまう。そんなところを触られたことがなかったから、自然な恐怖感が生まれるけれど、獅堂は廣のとまどいを知っているかのように性急に事を進めることはしなかった。

第一関節まで挿った指でうずうずと襞を擦られ、不思議な熱に腰が浮き上がる。いいとか悪いとか判別がつかず、なんとなく奥のほうが蠢いているのはわかる。

「このままじゃきついだろう」

「……え、……あ、っ、獅堂、さん……！」

両腿の内側を摑まれたかと思ったら、ぐっと持ち上げられた。そのまま大きく開かされ、腿の狭間に獅堂が身体を割り込ませてくる。腰を浮かせた廣の秘部に温かな舌が張りついたときには心臓が止まりそうだった。

「や……だめ、だめです、獅堂さん、そんなとこ……舐めたら……！」

これから身体を重ねるのだとしても、秘部を舐められるのは羞恥の極みだ。指でほぐした孔の中にぬるりと舌先がもぐり込んできて、その艶めかしさに身体が波打つ。胸の尖りを弄られたときも恥ずかしかったが、これは別格だ。

「ゆ、指、指だけで、いいから……」

「すこしだけ我慢してくれ。このまま繫がったらきみを傷つけてしまう」

尻たぶを両手で押し広げる獅堂がぬくぬくと舌を挿し込み、唾液を送り込んでくる。疼く襞は、ぬちゅ、にちゅ、と淫らな音を立て、獅堂の愛撫をすんなり受け止めていた。

敏感な場所を舐められ、ああ、と首をのけぞらせた。

濡れた舌が与えてくるのは、まぎれもない快感だ。舐められれば舐められるほど、じっとしていられず、両腿の間に顔を伏せる獅堂の髪を強く摑んだ。

「だめ……ぁ……あぁ……っ……」

形ばかりの抵抗を示したが、全身が火照り、獅堂をほしがる。

多めの唾液を送り込まれた孔にもう一度指が挿ってきて、今度はぬくぬくと隘路を広げていく。未知の感覚に絶え間ない喘ぎを上げた。

「これで大丈夫かな」

指を抜かれると、ひたひたと襞が閉じて物足りない気分が襲ってくる。

身体を起こした獅堂はネクタイを引き抜き、手早く衣服を脱ぎ落とす。濃い繁みを押し上げる肉竿の淫猥な色と力強さに魅入られ、思わず釘付けになった。

「他人の裸を見るのも初めてか」

「……ッ」

「違う、からかったわけじゃない。可愛いと思ったんだ」

くすくす笑う声にどうしていいかわからない。

乱れた表情を見せたくなくて両腕を顔の前で交差すると、窄まりにひどく熱いものが押し当てられた。

「ゆっくり息を吸って、吐いて、身体の力を抜いてくれ」

「ん……んぅ……っ……」

できるだけ深く息を吸い込み、吐き出す。獅堂が時間をかけてじっくりと割り挿ってきて、想像以上の硬さと太さ、その熱に声を失った。

「……ッ……ぅ……！」

「……苦しいか？」

熱塊を呑み込まされ、苦しくないはずがない。だけど、充分に馴(な)らされた廣のそこは獅堂が腰を進めるたびに柔軟に蠢き、奥へ奥へと誘い込んでしまう。苦しいけれど、それを上回る快楽が待ち構えていた。

「抜く、か？」

額に汗を滲ませた獅堂の囁きに、強く首を横に振る。すさまじい圧迫感だが、言葉にはできないここちよさが奥から染み出してくる。

「……っやめ、ないで……」

生まれて初めて身体の深いところに他人を受け入れ、息が切れる。荒い息を吐く廣に負担をかけまいと、獅堂は時間をかけて突き込んできた。

ずんっと最奥(さいおう)まで暴かれ、なめらかな亀頭でそこを舐め回される淫靡さに声が止まらない。

「あ、あ、ッ、おっきい……っ」

「きみの中はとても熱くてやわらかい……おかしくなりそうだ」

廣がつらくないように獅堂の腰遣いは抑えめだ。

先に我慢できなくなったのは廣だ。未熟な身体で快感をすべて拾いたくて、彼の広い背中に爪を立てた。

「あ、あぁ、っ、もっと、奥……来て……」

ぎりぎりと背中をかきむしると、「いいのか?」と獅堂が声を落とす。

「ほんとうに無理してないか」

「して、ない……あ……そこ……っ」

ごりっと中を擦られる快感にひときわ高い声を上げ、啜り泣いた。

「このまま、にしない、で……強くして、いいから……っ……獅堂さんが、ほしい……」

ふっと目尻をほころばせた獅堂がひとつ頷き、大きく腰を振る。じゅぷん、と濡れた音を響かせて繫がり、互いの身体の熱さに驚いた。

最初は理性の手綱(たづな)を握って動いていた獅堂だが、妖しく蠢く肉襞の誘惑に負けたのだろう。しだいに力強く打ち込んできて、廣と手を深く組み合わせる。

獅堂が腰を遣うたび、卑猥な音を立てる自分の身体が恥ずかしいけれど、そんなこともいまは忘れて、本能で彼を受け止めたい。

「すごいな、きみは……抱き潰しそうだ」

「……気持ち、いい……っ……しどう、さん、は……?」

「朝まで寝かせないと言ったが、お互い気を失うまで抱き合いたいくらいだ。こんなに感じやすくて熱い身体だとは……してもしても足りなくなる。──私も気持ちいいよ、廣」

艶っぽい声で名前を呼ばれ、鼓動が高鳴る。彼への淡い好意が一気に熱い愛情へと形を変え、きゅうっと最奥で獅堂を締めつけた。

「獅堂、さん……っ……いい……」

「ああ、私もだ」

ずくずくとねじ込んでくる獅堂の息が弾んでいる。硬い杭にもっと奥まで暴いてほしくて、つたなく腰を振った。

「廣……廣」

「ん……っ」

熱っぽく囁かれて胸が弾んだ。すこし前までは落ち着いた声音で『青埜くん』と呼んでくれた声が艶めいている。名前を呼ばれることで、これまでよりもっと獅堂のものになれた気がする。獅堂だけのものに。

染み入る嬉しさを伝えたくて、全身でしがみついた。もっと呼んでほしい。そのやさしい声で、『廣』と繰り返し呼んでほしい。

熱に浮かされたような声で囁く獅堂が髪をくしゃくしゃと摑んでかき混ぜてくる。それでも足りないのか、くちびるを強く貪ってきた。きつく舌を吸い上げられながら奥まで突き込まれると、知らない感覚がぶわりと沸き起こり、いまにも弾けそうだ。

「ッ、ん、っん、っぁ、なんか、へん……っ……なんか、きちゃ……っ……」

「イきそうか?」

「あ、ん、っ、これ、……これも、イくって、こと、ですか……」

「そうだ。廣は私に抱かれて高みに昇り詰めるんだ。怖がらないで」

「んんっ、あ——あ……だめ、もう……イきたい……!」

「一緒がいい」

指を深く絡め合わせた獅堂が最奥まで抉り込んできて、必死に耐えていた快楽がどっとあふれた。

「あぁぁぁ……っ!」

「……廣……っ」

皮膚がちりちりするほどの絶頂感が身体を駆けめぐり、息をするのもままならない。獅堂が激しく抜き挿しするたび、繰り返し極みに昇り詰めた。

やや遅れて、身体の奥底に熱が放たれた。どくどくと注ぎ込まれる獅堂の精液は多くて呑みきれず、とろりと狭間からしたたり落ちる。

「は——……っ……あ……っ……あ……」

どんなに息を吸い込んでも快感に溺れきった身体は冷めやらない。

張り出した彼の肩甲骨にしっかりとしがみつき、熱い息を漏らした。

「こんなの……初めて……です。自分で仕方なくするときも……性器を弄るだけ、だったのに……後ろが気持ちいいとか、……僕、変なんでしょうか」

本音を吐露すると、獅堂が破顔する。

「変なことはひとつもない。嬉しいよ。きみと私の相性は最高みたいだ」

「最高？」

「ああ。私もどうにかなりそうだった……というか、どうにかなってしまったな」

苦笑する獅堂が顔中にキスを降らしてくる。その甘やかな感触だけで、また達した。

「……奥、まだ、むずむずする……」

「いやな感じか？」

「ううん……あの……」

消え入りそうな声で、瞼を伏せた。

「なんか……もう一度、したい、かも……」

「ほんとうに？ 無理してないか？」

「してません……僕、……やらしいですか？」

「それは私も同じだ。廣の無防備な姿がもっと見たい」

繋がったままの獅堂が微笑み、ゆったりと動き出す。彼が放った白濁で濡れそぼった肉襞は微弱に震え、太い杭に絡みついていく。

二度目の交わりは、もっと深いところに連れていかれそうだ。

獅堂への熱い想いを伝えるために、廣は顎を上げ、たどたどしいキスを贈った。

5

陽射しが夏に向かって煌めきを増していく中、廣は獅堂との愛情を深めることに夢中になった。仕事に追われているだろうに、獅堂は時間を作って、うぶな身体に誠実な快感を刻み込んでいった。

ただ、あれ以来、最後まで繋がることはなかった。手や口で愛されて極みに達するたび、最奥が疼き、獅堂がほしくてたまらなかった。

獅堂としては慣れていない廣の身体を気遣ってくれたのだろう。そんな彼に『最後までしたいです』なんて言えるわけもなく、くちびるを嚙んで身体を震わせ、白濁を放った。

帝都ホテルでの仕事は幸いなことにもう半年契約が更新され、廣としても生活に余裕が生まれた。金銭的なことはもちろんだが、こころにゆとりが出たというのが一番だ。

獅堂と会うたび、可愛らしいブーケをもらった。マーガレットだったりダリアだったり。この間はちいさなヒマワリのブーケを渡され、鮮やかな黄色に思わず頬がほころんだ。

「これって、いつもどこで買ってくるんですか？　可愛い花ばかりで、新鮮ですよね」

「最寄りの駅構内にフラワーショップがあるんだ。ちいさな店だけど、品ぞろえがいいんだ」

「季節ごとの花を知ってるのって素敵です」

薄紙に包まれたヒマワリをじっくりと眺め、「ありがとうございます」と頭を下げた。

蒸し暑い八月の夜、獅堂に誘われて麻布(あざぶ)のフレンチレストランを訪れていた。

目にも艶やかなサヤエンドウを乗せたヒラメの前菜から始まり、ジャガイモの冷製スープ、メインは極上のサーロインだ。

口の中で蕩けるような肉を堪能したあと、デザートのメロンをゆっくりと味わった。夏だが、飲み物はホットのダージリンティにした。獅堂はコーヒーだ。

「はあ……美味しかった」

満たされた気分でお腹をさすり、熱い紅茶に口をつけた。デザートが甘かったので、紅茶に砂糖は入れなかった。

「ここはお気に入りの店なんだ。商談でも使わない。ごくプライベートな時間を過ごしたいときに来る」

「僕以外の誰かと来店したこともあったんですか？」

自然な問いかけに、獅堂は苦笑いする。

「振り返ってみると、私ひとりだけで来てたな。気になる相手を連れてきたのは、廣が初めてだ。迎え出てくれたウエイターもすこし驚いた顔をしていただろう？」

「ええ」

高級フレンチレストランのウエイターだから、私情を面に出すことはめったにないはずだ。しかし、獅堂の言うとおり、獅堂の隣に立つ廣に目を止めたとき、ウエイターがわずかに目を瞠っていたのを覚えている。

「大事な空間に連れてきてくださって嬉しいです。僕もお礼がしたい。なにかありますか？」

「なんでもいいのか？」

「僕にできることなら」

「きみの部屋にお邪魔したい。よければ、の話なんだが」

「僕なんかの部屋でいいんですか？」

裕福な彼にしたら、質素な暮らしを送っている自分の部屋など見てもおもしろくないだろうに。

だが、獅堂は熱っぽい目を向けてくる。

「廣のプライベートがどんなものか、ずっと知りたいと思っていたんだ。無理強いはしない。私室に他人を入れるのがいやなひともいるだろうから」

「僕は構いません。でも、狭いし、インテリアに凝ってるわけでもないですよ」

「ありのままのきみが知りたいんだ」

その言葉に裏はないと感じて、「じゃあ」とカップをソーサーに戻した。

「これからいらっしゃいますか？」

「行く」

身を乗り出してくる獅堂にちょっと笑ってしまった。見た目は隙のない大人の男だが、ふとしたときに可愛いなと思うことがある。

三紅商社では辣腕を振るっているはずだ。その仕事ぶりがどんなものか、実際にこの目で見たわけではないが、いつ会っても獅堂は力強く、惚れ惚れするような笑みを浮かべている。

会話が弾む食事を終え、獅堂がすでに支払いをすませていたことに気づいて財布を取り出すと、そっと手を押さえられた。

「ここに連れてきたのは私だから」

「でも、いつもごちそうになってしまって申し訳ないです」

獅堂が案内してくれる店はどこもハイクラスで、正直なところ、廣が財布を思いきり逆さにしてもひとりぶんの食事代を払えるかどうかかなり怪しい。彼と会えるなら街中にあるファストフードやカフェでも充分嬉しい。しかし、獅堂の立場を考えるとそうもいかないのは廣にもわかる。大企業の専務取締役ともなればさまざまなひとと繋がり、思わぬ場面で出くわすこともあるだろう。

うつむいた廣の顔を、獅堂がのぞき込んでくる。

「では、わがままをひとつ言ってもいいかな」

「はい」

「きみの部屋でお茶が飲みたい。一緒にテレビも観ようかな」

「そんなのでいいんですか？　ほんとうに？」

「もしかしたら廣は私を買い被っているかもしれないな。きみの目に映る私はいつもハイブランドのスーツに身を固めて、あちこちのパーティを渡り歩いてオフィスでも精力的に仕事に取り組んでいる……そういうエネルギッシュな男を思い浮かべているんじゃないか」

「そのとおり、です。だっていままでに会ったアルファの中で、獅堂さんはとびきり素敵なひとだから」

「嬉しいよ。そんな男が廣の前に出ると骨抜きになってしまう。時間を忘れてずっと一緒にいたいんだ。これをけっしてお世辞や口説き文句だと思わないでくれ。私の本音を受け取ってもらえるか」

やさしい声音に、こくんと頷く。

出会ってからひとつの季節を越えた。その日々の中、獅堂はつねに凜々(りり)しく丁寧で、廣への愛情表現も細やかだった。なんの後ろ盾もない廣を騙そうとしたところで獅堂ほどの男が得をするとは思えない。火遊びがしたければ、もっと手軽な場所があるだろう。

獅堂の想いは、たぶん本物なのだ。

店を出たあと獅堂が止めたタクシーの中でそっと手を握り合い、彼だけが教えてくれる温かさにじんわりと浸(ひた)った。

「あ、ここでいいです。停めてください」

静かな住宅街の端でタクシーを停めてもらい、獅堂とともに降りた。

「あの、前もって言いますけど、ほんとうに狭いですよ」

「なんの心配もない。きみの部屋でお茶をごちそうになるだけだ」

気さくに言う獅堂を連れて、自室の前に立つ。

「三分待ってください。ちょっとだけ部屋を掃除します」

「気にしなくていいのに。わかった。ここで待ってるよ」

くすりと笑う男に背を向け、急いで自室に入った。毎日簡単に掃除しているが、獅堂を迎え入れるとあらかじめわかっていたらもっといろいろ用意できたのに。

急いた気分で冷房のスイッチを入れてローテーブルを拭き、ソファの隅に置いたクッションの形を整える。

部屋の真ん中に立ち、ぐるりと見渡す。これで大丈夫だ、ときびすを返す前にすこしためらい、ベッドルームをのぞいてすぐに扉を閉めた。

なにが起きるというわけでもないのだが。

羞恥を覚えながら、外でおとなしく待っていた獅堂を招き入れた。

「どうぞ、入ってください。冷房をつけたばかりだからまだ暑いですけど」

「お邪魔する」

律儀に頭を下げた長身の獅堂は狭い玄関で靴を脱ぎ、興味深そうに室内を見回す。

「綺麗にしてるんだな」

「あまり見ないでくださいね。恥ずかしいし……ソファに座ってください。熱いお茶でいいですか？　冷えた麦茶もありますけど」

「悩ましいな。せっかくだから、麦茶をいただこうか」

ジャケットを脱ぎながら獅堂はソファに腰かけ、廣が手渡した冷たいグラスを一気に呷る。

「美味いな。これ、ペットボトルじゃないだろう」

「僕が毎日煮出してます」

「香ばしくて美味しい。お代わりをもらえるだろうか」

喜んでグラスをもう一度満たし、自分のぶんも持って床に座り込んだ。

「どうして床なんだ？」

不思議そうに見下ろしてくる獅堂に、「だって、ソファ狭いし」と呟くと、彼はぎりぎりまで身体を寄せ、隙間を作った。

「隣においで」

そう言われると、むげに断れない。

遠慮がちに獅堂の隣に腰かけ、香りのいい麦茶を飲み干した。

自分でも気づいていないくらい緊張していたらしい。喉がからからだ。

静かなのがちょっと気詰まりで、テレビを点けた。賑やかなバラエティ番組で沸き起こる笑い声に集中しようとしたが、隣から伝わってくる熱に頭の中がこんがらがってしまう。

「……暑いですか？」

「そうだな、すこし」

「温度、下げますね」

エアコンのリモコンを急いで手にする。ボタンを押す間も、ちらちらと隣を窺う。

この部屋の主は廣ではなく、獅堂のように思える。堂々と足を組んで美味しそうに麦茶を飲み、おもしろそうに視線を絡めてきた。

「落ち着かないか」

「獅堂さんは――落ち着いてますよね。僕と違って」

上擦る声をなんとかしたいのだが、自分でもコントロールが難しい。

「……いいな。そんなふうにしっかりと構えられて。あなたみたいな大人になりたい」

「きみはきみらしい道を歩めると思うが」

可笑しそうに肩をすくめる獅堂を見つめ、ゆるく首を横に振った。

大企業経営者の御曹司である獅堂は、幼いときから周囲に愛され、ハイレベルな教育を受け、まっすぐ育ったのだろう。そうやって成長した者だけに備わる自信ある態度がすこしまぶしい。

「僕は――ほんとうの僕は、正直なところ、あなたに釣り合う人間ではありません」

「どうしてそんな寂しいことを言うんだ」

廣はできるだけ明るい笑みになるように願いながら、彼を見つめた。

「獅堂さんには、ご家族がいますよね」

「……ああ。そうだな」

獅堂が苦笑いを見せる。

「私には両親がいる。大勢の親族も。生まれたときから私は三紅商社の跡取りとして育てられてきた。他人から見たら、私は恵まれているんだろう。私もそう思う。冷静に考えればな」

その声にどこかうつろなものを感じて顔を上げると、獅堂は逡巡とためらいを忍ばせた笑みを浮かべている。

「笑われるかもしれないが、私はごく普通の愛情を注がれたことは一度もない。——いや、こういう言い方は語弊があるかもしれないな。ここまで育ててくれた両親には感謝している。私はつねに両親が敷いたレールに従ってきた。どう抗っても、両親や親族たちに『次期社長がわがままを言うな』といさめられてきてね。確かに金も地位もある家に生まれついたが、私は手製のお弁当が食べたいと思うような子どもだったんだ」

「お弁当?」

彼みたいな男が口にするには可愛らしい言葉に、いくらか気分が和らぐ。

「小学校から一貫した私立に通っていた。そこは公立校と同じように家族が参観できる行事があったんだ。授業参観や発表会に運動会。私の両親はとても忙しいひとたちだった。現社長である父は仕事にのめり込んでいたし、母は取引先の有力者との会食やパーティに飛び回っていた。授業参観や発表会には家政婦が来て、運動会はシェフ特製のお弁当を持たされた。三段重ねの立派な重箱だ」

「すごい。豪華だったんでしょうね」

遠慮がちに呟く。手放しで賛辞していい雰囲気ではなかった。

「見た目も味も華やかだった。同級生にはいつも騒がれてたよ。だけど私は友だちが持ってくるごくごく普通のお弁当が羨ましかった。艶々したたまご焼きにウインナー、茹でたブロッコリーに、にんじんのグラッセ。たわらおにぎりを美味しそうに頰張っていた友人の顔が忘れられない。彼らの両親は愛情深くて、運動会でも楽しそうに声援を送っていた。それもとても羨ましかった。私のところは家政婦が来て、あとで両親に結果報告をするだけだったからな。発表会で褒められても、運動会で一位になっても、なにも言われなかった。それくらい獅堂家の子どもなら当然だという顔をされた。幼ごころにも、もどかしかったよ」

「獅堂さん……」

ぽつりぽつりと身の上話を聞かせてくれる獅堂を急かすことはしなかった。詮索することもしなかった。

ほの暗い過去を抱えた者が成長したとき、その傷跡を喜んで他人に晒すひとはすくないと思う。自分だってそうだ。

過度な同情心を煽りたいならべつだが、憐れみに満ちた目で、『かわいそうに。つらかったでしょう』とその場しのぎの言葉をかける者は、たいてい、さっと姿を消す。廣を重たいと感じるのか。寄りかかられると懸念しているのか。どちらかわからないものの、意を決して胸の裡を明かした幾人かは廣を敬遠した。穏やかな付き合いが続いているのは、菜央だけだ。

だからこそ、獅堂が考え込み、慎重に次の言葉を探している気持ちはよくわかる。きっと、彼も似た想いを抱いてきたのだろう。

「何度か、友人とお弁当のおかずを交換したことがある。そのたび、ほっとするような家庭の味を噛み締めたよ。誰もが憧れる大企業の経営者の子息として生まれた私は、普通の家庭の味に飢えていたんだ。ないものねだりなのは百も承知だがな。……うまく言えないが、私はずっと、温かい場所を求めていたんだと思う。こころからやすらげるような……獅堂家の子息という肩書きがなくても、ありのままの私を認めてくれるような……重いと言われても仕方がないが、廣には、廣だけには私の素顔を見てほしいと思ったんだ」

くしゃりと顔を崩す獅堂に見入り、こくこくと頷く。それは自分も同じだ。

「嬉しいです、そんなふうに言ってもらえて。でも、僕、特別なことはなにもしてませんよね。獅堂さんが僕に目を止めてくれたのは、本能で惹かれ合う運命の番だから?」

「私たちの出会いを覚えてるか?」

「もちろん」

やさしく笑いかけてくる獅堂に、「ジャケットの染み抜き、しましたよね」と顔を赤らめた。

「いま思い出しても身がすくみます。お客様に失礼なことして……怒られても当たり前だったのに」

「怒るわけがない。あんなふうに私の服を大切に扱ってくれるひとを見たのは初めてだった」

「でも僕、ミスして」

「ちょっとぶつかっただけじゃないか。きみは丁寧に私のジャケットに触れた。そのことに強く惹かれたんだ。廣は会って間もない相手でも誠実に対応する。名前や勤め先を言う前から、きみはできるかぎりのことをしてくれた。それが私にとってどれだけ嬉しかったか、わかるだろうか」

　わからない、と口にするほど廣もばかではない。

　獅堂は、ごく当たり前の温もりをずっと探していたのだろう。計算のない温もりを。

　実の両親に厳しく育てられ、大企業の専務取締役という肩書きを背負ってからは、彼を取り巻くひとびとは素朴なやさしさを分かち合うよりも、取引をどううまく運ぶか、業績をどう伸ばすか、そして獅堂にどう取り入れば自分の地位を高められるか――そうしたことに神経を尖らせる者ばかりだったのだろう。

「ひとりの、ごく普通の人間として、きみは私に接してくれた。たまらなく嬉しかったよ。廣の前で取り繕ったことはない。ただ自然に、そばにいて深く息ができる相手はきみが生まれて初めてだ」

胸に染み入る声に、喉の奥がつかえる。

自分としては当然のことをしたまでだ。そもそもこちらが初歩的なミスで迷惑をかけたのだ。染み抜きの処置は特別めずらしいものではない。だが、そうしたささやかなことを獅堂が覚えてくれていたのが嬉しい。激情に駆られて、今日に至ったわけではないのだ。

「運命の番だという本能に従った面もあるが、私は廣を尊敬している。几帳面で、笑顔はもちろん、はにかんだところもとても素敵だ」

これ以上ない褒め言葉がすこしくすぐったい。

「僕も、そんなふうに言ってもらえたのは初めてです。……僕も話していいですか？　あまり楽しい話じゃないけど」

「廣のことならなんでも知りたい」

背中をそっと支える手が温かい。

「僕にも、いました。家族」

「過去形か？」

獅堂の語尾がわずかに跳ね上がった。

「僕が小学生の頃に両親は離婚し、女手ひとつで育てられてきました」

「頼れる親族はいなかったのか」

「ひとりも。親族は皆ベータで、母だけ隔世遺伝でオメガに生まれたらしく、絶縁されたって何度か泣いてました。その血を僕も引いた。母は身体が弱かったのに必死にひとりで僕を育てて——無理がたたったんでしょう」

懐裡深く眠る感情と哀切を揺り起こす母の最後の笑顔は、涙混じりだった。

「僕が八歳の頃に仕事先で倒れ、病院に駆けつけた僕にちょっとだけ微笑んで、息を引き取りました」

「廣……」

「その後、児童養護施設に引き取られて、やさしい職員さんたちのもとで僕は育ちました。皆、温かく僕を迎え入れてくれた。大学入学を機に施設を出ましたが、いまでもたまに会いに行きます。でも……寂しかった。『廣ほど可愛い子は見たことがないわ』って、母がよく言ってくれました。僕だけを愛してくれたひとは、母ひとりだった」

獅堂がなにも言わず、肩を抱き寄せてくる。

「お母さんが忘れられないか」

「子どもみたいでしょう？　自分でも情けないです」

「そんなことはない。自然な感情だ」

獅堂の声に嘲りはない。そのことに慰められ、廣もわずかに身体を寄せた。

ほっとできる温もりがいまは嬉しい。

「そう言ってもらえるだけで安心します。獅堂さん……僕と出会ってから、寂しいときってありますか」

「いまこうして廣の隣にいるが、明日はもう互いに仕事をしなければいけなくて、離ればなれになるのが寂しいよ。どうだ、底の浅さにがっかりしただろう」

苦笑いする獅堂は、前よりもっと蠱惑的だ。

隙のない完璧な男はひっそりと隠していたもろさを、廣だけに見せてくれた。

信じてくれているのだ。

「もっと憧れます」

「私のどこに憧れてくれてるんだ？」

いたずらっぽい光を浮かべた瞳に射すくめられ、身動きが取れない。

ちょっと悩んでから、言葉を紡いだ。

「ひとつめは、スマートなところ。僕のミスであなたのジャケットを汚してしまったのに、なにげない話題で気まずさを払拭してくれたのが大人の男性らしく洗練されてるなって感激しました。ふたつめは、情熱的なところ。……初めてキスしたとき、夢見心地になった……。僕は経験足らずなのに、あんなキスができるとは思わなかった」

「気に入ってくれたか？」

「当たり前です」

ちいさく笑いながら横目で彼を睨み、ティーカップの縁を指でなぞる。

「それから……それから、僕をこころからやさしく扱ってくれるところ。まるで生まれたときから僕が特別だったかのような錯覚に陥りそうな接し方をしてくれますよね。獅堂さんは運命の番だって言ってくれたけど、ほんとうに信じちゃいそうです」

「まだ信じてないのか？」

愉快そうな獅堂が、「じゃあ」と身を寄せてきた。

「きみが私だけの大切なひとだということをもう一度教えよう」

「……え？　いま？」

「そう、いま」

カップを取り上げられ、ふわりと抱きすくめられた。

「こんなに美しいきみを、いままで誰も見つけていなかったのが奇跡みたいだ。いや、見つけていても、あまりの妖艶さに手を出せなかったのかもしれない」

「妖艶さとかって、僕にはふさわしくない気がします、けど」

「私に抱かれる廣は間違いなく色っぽいよ。こっちの理性がいつも試される。今夜はどうかな」

顔を近づけてきた獅堂に甘くくちびるを吸い取られ、またたく間に意識がぼうっとしてしまう。キスひとつでたやすく操られるなんてと恥じるが、ねろりと舌がくねり挿ってきて搦め捕られると、じわじわと身体が火照る。

「ん……」

廣の反応を試すかのように舌先は慎重に蠢く。官能に火を点けられて身体を震わせると、頤(おとがい)を押し上げてくる獅堂が大胆に口内をかき回す。

敏感な口腔を大きめの舌が動き、快感を煽ってくる。

「……っん、ふ……」

室内の密度が一気に上がるのを肌で感じ取った。

後頭部をそっと撫でられ、骨っぽい感触の指にこころが蕩ける。こんなにも自分を大切に扱ってくれる男には出会ったことがない。

「しどう、さん……ベッドルーム……あっち、です」

なんとか声を搾り出すと、獅堂が肩を抱いてくる。

ふらつく足取りで狭いベッドルームへと足を踏み入れた。

今朝、シーツを取り替えたばかりの清潔なベッドにそろそろと腰を下ろしながらくちづけ合う。

ぼんやりしながら彼の広い胸にしがみつき、懸命にキスに応えた。

最後まで繋がった夜の一部始終を、廣は忘れていなかった。他人に身体を暴かれるのが初めてだった衝撃も手伝い、いまだに身体のあちこちに獅堂の指の感触が残っている。あれからずいぶんと時間が経っているのに新たな快感を刻み込まれるのかと思うと、身体の奥がぞくりとざわめいた。

オメガだから、こんなにも敏感なのだろうか。

それとも、人生に突然鮮やかな影を落とした獅堂だから焦がれてしまうのか。

そのどちらでもある気がするし、違うとも言える。

ただひとつ言えるのは、獅堂の細やかな愛撫をこの身体は素直に受け止めるということだ。

ちゅくちゅくと舌を舐り合う中で、獅堂が廣のシャツをはだけていき、するりと手を忍ばせてくる。

「っ……」

大きな手が肌に触れるだけで目元が熱くなった。最初は胸全体をやさしく撫で回していた手は、だんだんと中心に向かって円を描き、ぷつんと尖る肉芽を探り当てる。

「……っん……」

まだちいさな乳首だが、芯が入るとふっくらと腫れ上がる。それが楽しいのか、獅堂は指で肉芽をつまみ、こりこりと押し転がす。そのたびに鋭い刺激が全身を駆け抜け、廣は濃密なくちづけに夢中になった。

舌を吸い合っていないと、自分でも恥ずかしくなるくらいの喘ぎが漏れ出てしまう。

「声を出してもいいのに」

くちびるを重ねながら低く笑う獅堂に、頬が熱くなる。

「僕ばかり……やだ」

「じゃあ、どうしたい？」

意味深な問いかけにしばし悩み、おずおずと彼の身体に指を這(は)わせた。つたない指先で彼のシャツのボタンを外し、熱い素肌に触れる。

漲(みなぎ)った筋力を忍ばせた胸に指先を這わせれば、自分も熱くなってくる。うずうずしながら指を下ろし、スラックスの前がきつく盛り上がっているのを見ただけで口の中に唾液がじゅわりと溜まる。

「ここ、触ってもいいですか……」

上目遣いに彼を見つめると、獅堂も期待を孕んだ視線を絡めてくる。

「いいのか？　無理しないでくれ」

「触りたいです。上手にできないと思うけど……」

どうすれば獅堂を気持ちよくさせられるかためらい、ベルトのバックルをなんとかゆるめる。続けてジッパーの引き金に指をかけ、ジリジリと下ろしていく。途中、引っかかってしまい、苦戦した。

そのままボクサーパンツをずらすと大きな塊(かたまり)が飛び出してきて、慌てて手を添えた。

「すごい、大きい……」

ぶるっと鋭角にしなる太竿を両手で握り締め、ゆっくりと扱き下ろした。自分と同じ男の身体だ。どこをどうすれば快感を得られるのか、なんとなくわかる。

張り出した亀頭の割れ目からつうっとしずくが垂れ落ちるのがなんとも淫猥で、舐め取りたくなる。

太い根元に指を巻きつけ、上に向かってずらしていくと、獅堂の息が浅くなる。彼も感じてくれているのだと思うと、勇気が湧いた。

「気持ちいい、ですか？」

「……ああ、とても」

欲情を滲ませた声に煽られ、そのまま獅堂の両足の間に顔を埋める。そこまでするとは思っていなかったのだろう。慌てる気配が伝わってきたが、むわっとした雄の匂いに快感が燃え立ち、意を決して割れ目に舌をそっと這わせた。

しょっぱくてとろりとしたしずくを舐めるのがくせになりそうだ。猫がミルクをさらうように浅ましくぴちゃぴちゃと音を立てて舐め回し、思いきって先端を口に含む。

「廣……」

弾力のある肉竿はびくんと口内で脈打つ。

こんなにも淫らになってしまうなんて。発情期は二か月近く前に終わり、次は秋の予定だ。獅堂との蜜月に浸りきっていたから、発情期のタイミングも狂ったのかもしれない。

そう考えたら、途端に飢えてくる。それだけ彼がほしいという証拠だ。獅堂への想いと、本能的な欲情が複雑に絡み合い、廣を混乱させる。

口淫がどんなものかいまひとつ把握できないが、くびれをできるだけ丁寧に舐めしゃぶり、ずるぅっと下ろして太く浮いた血管を舌先でたどっていくと、廣の髪をくしゃくしゃとかき混ぜる手に力がこもる。

すべてを頬張るには、獅堂のものは大きすぎる。喉の奥を突くような塊に翻弄されながらも太い芯を両手で握り、あふれ出すしずくをすべて舐め取った。

「だめだ廣、私もほしい」

「でも……」

どうすればいいのかともたもたする廣から衣服を剝ぎ取った獅堂がベッドに寝そべり、

「またがってくれ」と言う。

互いに素肌を晒した状態だ。なのに、獅堂の顔をまたぐということは、秘所もあらわになる。それを考えるだけで、全身がしっとりと汗ばんでいく。

羞恥に見舞われて身体をよじったが、腰骨をぎっちり摑まれてしまえば逃げようがない。

両腿が震え出すのを感じながら獅堂の顔をまたいだ。自分の顔の前にそそり勃つ肉竿はいっそ凶悪だが、これで身体の奥を暴かれたとき、言葉にならないような快感に溺れたことは廣も忘れていない。

がっしりとした手が尻たぶに食い込んでくる。そのまま両側に押し開かれ、秘めていた場所が剝き出しになると、ぬめった舌がちろちろと肉縁を這い出す。

「あ、あ――……っあぁ……っ」

同じことを以前もされたが、あのときよりももっと感じる。獅堂にとってもこれが二度目だから、初めてのときよりさらに廣を求めているのだろう。

指で窄まりを広げられ、収縮する中に尖った舌先がねじ込まれた。そうされるとたまらなく恥ずかしいのに、声が止まらない。

「や……っ……しど……うさん……」

「感じるか？」

くぐもった声に必死に首を縦に振った。

このままでは一方的に感じさせられるだけで、それはいやだ。自分だって獅堂に気持ちよくなってほしい。

目の前で硬くしなる肉棒におそるおそる舌を這わせた。さっきよりも大胆に。

「廣……」

「ん……っ……ふ……ぁっ……」

懸命に舌を動かし、こみ上げる愛おしさと欲望のままにしゃぶり立てた。

だけどどんなに舐っても、獅堂の情熱的な舌遣いには負ける。

過ぎた悦楽に啜り泣き、愛撫する舌の動きがおろそかになる。それでも獅堂は追い詰めてきた。

「あっ……あぁっ……ん、しどう、さん……」

「うん？」

長い指をすうっと挿し込んで、淫猥にぐりぐりと肉洞を抉ってくる獅堂がすこし憎らしい。年上だから相応の経験を積んでいるだろうということは理解しているが、こっちの身体がまるで追いつかないのは同じ男として悔しかった。

我慢しようと思えば思うほど、中の熱がひどくなっていく。

苦しいくらいの渇望に追われ、勝手に腰が揺れてしまう。

「きみのここ、私がほしいみたいだな」

低く囁く獅堂が舌先で肉洞を嬲る。艶めかしい快楽に思わず声を上げ、獅堂の太腿に爪を立てた。

「や、や、も、だめ、それ以上……おかしく、なる……！」

「私がほしいか？」

「んっ、うん……」

「じゃあ、そう言ってくれ。きみを傷つけたくないから、ほんとうの想いを教えてくれ」

「い、意地悪い……っ……」

ぎりぎりまで抗ったけれど、押し寄せてくる欲望に呑み込まれそうだ。

「ほら、廣」

じゅるっと啜り込んでくる男の愛撫に屈し、廣は肩越しに振り返った。

「……ほしい……獅堂さんが、ほしい、です」

「私もだ。おいで」

手足を絡ませながら身体の位置を変え、四つん這いの姿勢を取った。このほうが、逞しい獅堂を受け入れるのがすこしだけ楽になりそうだ。

高々と腰を上げさせられ、膝立ちになった獅堂が背後から覆い被さってくる。

ぐうっと熱い肉棒を突き込まれ、廣は喘ぎながらシーツに頬を擦りつけた。

隘路がゆっくりと開いていく。苦しいけれど、揺り動かされながら貫かれると肉襞がうずうずし、獅堂に絡みつくのが自分でもわかる。

「は……ぁ……っ」

シーツをかきむしり、無意識に腰を落としそうになった。そこを獅堂は見逃さず、ぎっちりと指を廣の尻に食い込ませ、肉竿を打ちつけてきた。

「あっ、あ、っ、はげし……っ」

がくがくと身体を揺さぶられるたび、漲（みなぎ）る肉棒でいやらしく摩擦される媚肉がしっとりと湿っていく。

オメガという生き物は男女ともに孕むことができる身体のため、男でも愛蜜を分泌し、セックスの手助けをするという噂をネットで見かけたことがあったが、まさかほんとうに自分の身体で思い知るとは想像もしていなかった。

「蕩けそうだ」

わずかに声を掠れさせた獅堂の腰遣いが、しだいに激しさを増す。

ほしがっているのは自分だけではない。強く貫いてくる獅堂も同じ気持ちなのだと知って、嬉しかった。

「あ……っ……獅堂、さん、もっと、奥、きて……」

「つらくないか？」

「だいじょう、ぶ……奥まで、ほしい……お願い、もっと……！」

腰を振る媚態が獅堂の目にどう映るのか、構っている余裕はなかった。そこまでの経験値はないのだ。

「きつかったら言ってくれ」

「あ――……！」

ズクンと最奥までこじ開けられ、そのあまりの熱に声を失った。

以前のセックスが冗談のように思えるほど、深く突き刺さる楔に一瞬息が止まったが、最奥を亀頭でぐりっと甘く撫でられ、すぐさま虜になった。

「ん、んっ、あぁ、あっ、もっと、もっと……っ」

「たまらないな。すべてを持っていかれそうだ」

吐息混じりの獅堂が激しく突いてきて、廣はつたない速度で追いかけた。ぐしゅぐしゅと濡れた音が狭いベッドルームに響き渡る。つらいほどの羞恥が襲ってくるが、それよりも先に底のない快感へと溺れた。

「あっ、あっ、も、もう、ほんと、だめ――です、イキ、そう……っ……」

「中に出していいか」

「ん、ん、おねがい、出して、僕の中にいっぱい、出して……ああ……っ！」

ぐずぐずに蕩けそうな快楽に頭の芯から痺れ、獅堂の腰遣いに夢中になっていく先には、瞼の裏がちかちかするほどの絶頂が待ち構えている。

この間よりもっと深い、ずっと鮮烈な快楽を食らっているのは、獅堂が相手だからだ。はしたなくよがり狂い、廣は声を搾り出す。

「あぁっ、イく——イっちゃう……！」

「……っ」

奥の奥まで太竿に犯され、どくんと身体が波打つ。

「は——……出る、出ちゃう……っ……獅堂、さん……扱いたら、だめ……！」

中を抉られているのに激しく肉茎を擦られ、ぱたぱたっと愛液がとめどなく噴き出す射精感とともに、きゅうっと後ろで獅堂を締めつけてしまう快感を味わわされておかしくなりそうだ。

すぐに獅堂も追ってきて、潤んだ肉洞に精液をどくどくと撃ち込んでくる。肉襞がぐっしょり濡れていく卑猥な感覚に息を切らし、弱々しくシーツをかきむしった。

抜き挿しを繰り返す獅堂の硬さが悦すぎて、何度も達した。

「あ、あ……っ……やぁ……っ……イってる……イってるのに……っ」

「もっと感じさせたいんだ。きみとひとつになるまで」

「ん——ん……獅堂、さん……うなじ……嚙んで……ください……」

「いいのか？」

獅堂が驚くのもわかる。

オメガはアルファにうなじを嚙まれた瞬間、彼のためだけに生き、発情するようになる。そのアルファだけが感じ取れるフェロモンを発する身体に生まれ変わり、二度とほかの者を誘惑することはない。

身もこころも獅堂に捧げたい。彼のためだったらどんなことでもしたかった。うなじを噛んでもらうことで、獅堂ひとりの愛玩動物になったっていい。

掠れ声でそう呟くと、繋がったままの獅堂が深く息を吐き、「きみという子は」と囁く。すこし考え込むような間のあと、「ほんとうに」と獅堂が廣のうなじにかかる髪をかき上げてくる。剝き出しになったそこは、誰にも見せたことがない弱点だ。

「ほんとうに私のものにしていいのか？」

「ん……いい……獅堂さんだけのものに……なりたい」

なんとかそう呟いた。油断するとまた燃え上がりそうで怖い。

だが、そんな廣を獅堂はきっと知っているのだろう。汗ばんだうなじに何度かくちづけ、ぎりっときつく歯を食い込ませてきた。

「あ……！」

目もくらむような快感がびりびりと全身を駆け抜け、無自覚のうちに繰り返し射精し、達し続けた。頭の中が真っ白になるほどの絶頂は初めてだ。

「あ……ッ……あ……っ……ん……ぁ……っ……」

何度もうなじを噛まれ、身体が跳ねる。どこまで感じればいいのか自分でもわからないが、もう一度――もう一度だけ達したいと願ってしまう。際限がないのはわかっている。だけど、これほど狂おしい快感を教えてくれるのは後にも先にも獅堂だけだ。

「獅堂――さん……」

「もう一度だけ、いいか」

欲しているのは自分だけじゃないとわかって、胸が苦しいほどに嬉しくなる。

今度は正面から貫かれ、視線を絡めながら腰を揺らした。

「きみは私のティアムだ。廣の目に、私しか映っていない。きみも運命を感じてくれているか？」

「うんっ……ぁ……ッ……」

「――廣ほど可愛い子はいないよ」

甘い囁きに啜り泣いた。

最奥まで濡れきった廣が昂る相手は獅堂ただひとりきり。

獣の交尾よりはしたなく、けっしてひとりでは味わえない甘美な快楽を求めて、廣は小刻みに身体を震わせた。

ぎゅっとシーツを握り込む拳に、骨っぽい手が被さってくる。

6

　変化に気づいたのは、普段から自身の体調を慎重に管理していたからだろう。カレンダーは十二月に入り、街はイルミネーションで彩られ、ホリデーシーズンを盛り上げていた。その夜も廣は帝都ホテルで開かれたパーティに駆り出され、ウエイターとして客にドリンクを提供していた。

　毛足の長い絨毯(じゅうたん)をゆっくり踏み締めていたとき、軽い目眩に襲われ、一瞬身体がふらついた。

　昼からパーティの準備で忙しく、まともな食事を取っていなかった。思い当たった途端に空腹感を覚え、ちょうど脇を通り過ぎようとしていた菜央に目配せし、「ちょっと外してもいいですか」と耳打ちした。

「もちろん。なんか顔色悪いけど大丈夫?」

「大丈夫です。まだお昼を食べていなかったから、ロッカールームでなにかつまんできます」

「わかった。無理しないでね」

　頼れる同僚に頭を下げ、足早にホールを抜けてロッカールームへと向かう。仲間たちは皆仕事中で、室内は静かだ。

ロッカーからトートバッグを取り出し、コンビニで買ったドーナツとミネラルウォーターのペットボトルを手にして椅子に腰かけた。

ローカロリーのドーナツはお気に入りで、見かけるとよく買う。ほどよい甘さで、すぐにエネルギーに変わる。帝都ホテルでの仕事はきちんと休憩時間が設けられているが、大規模なパーティが開かれる日はひと息つくのもなかなか難しい。菜央のような正社員はもちろんのこと、廣のような派遣スタッフも駆り出される。

今夜もそうだ。パーティが開催されることは前々から菜央から聞いていたものの、そのとき廣はスタッフとして名を連ねていなかった。だが、昨日、パーティ要員のひとりが急病で数日やすむことになったため、菜央と話し合って廣はスタッフとして参加することになったのだ。

人気俳優のデビュー三十周年を祝うパーティは大がかりなものだった。レストランやクラブを貸し切って祝うものとはわけが違い、帝都ホテルが誇る広間には大勢の客が集まった。

クリスマスが近いこともあり、ホテルロビーにはカラフルなオーナメントで彩られたツリーが飾られ、広間も専用フローリストが手がけた華やかな花々がそこかしこでほのかないい香りを漂わせていた。

その花に負けない美しい装いで訪れた客たちに笑顔で給仕していた最中に、空腹感を感じるなんて自分もまだまだだ。

甘いドーナツをふた口ほどかじり、水で飲み下すとすこし落ち着く。急いで食べてしまおうと口を開いたとき、妙な吐き気がこみ上げてきた。無視してドーナツを押し込もうとしたが、せり上げてくる吐き気に負け、両手で口を押さえトイレに駆け込んだ。

ひとしきり吐いて胃の底を空っぽにしてもまだ気持ちが悪い。口をゆすいで気分を変えるために洗面所で顔を洗っても、まだむかむかする。

そういえば、ここ最近だるかった。微熱が続いていたのも気になる。仕事に差し障るほどではなかったし、自宅を出る前に念のため体温も測ってきた。

「風邪かな……」

鏡に映る顔は青ざめている。まだくらくらするので、もう一度椅子に腰を下ろし、ふとスマートフォンの体調管理アプリを開いてみた。

前回の発情期が訪れてから、四か月も過ぎている。オメガだと自覚してからずっと、発情期はきっちり三か月ごとに訪れていた。かかりつけの医師にも、『大丈夫、心配なところはなにもありませんよ』と言われていた。

そこで、病院に足を運んだのも四か月前だということを思い出した。ヒートをコントロールする薬は多めにもらっているので、普段、オメガであることはあまり気にせずにすんでいる。

それに、もう獅堂のものなのだ。暑い夏の夜にうなじを噛んでもらってから、ほかのアルファを誘ってしまうフェロモンは発していないはずだ。

獅堂とは二週間に一度の頻度で会っている。彼が忙しい身の上なのは知っているし、ほとんど毎日、獅堂からやさしいメッセージが届いていたので、不安になる要素はひとつもない。

それだけに、この体調の変化が気になる。
一、二、三、四、と指を折った。
きちんと来ていた発情期が、ない。ひょっとして、病気にでもかかったのだろうか。微熱やだるさはその前触れなのか。

休日出勤したことで明日はオフだ。早々に病院に行こうと考えていたところで、扉を叩く音がする。

「廣くん、私。入ってもいい？」

菜央の声だ
「どうぞ」

扉が開いて菜央が入ってきたが、廣を見るなりを顔を曇らせる。

「さっきより青ざめてるよ」

「すこし吐いてしまって。でも、大丈夫です」

「風邪かな。いまはやってるもんね。熱は？」

「微熱程度です。皆さんに迷惑はかけません。もうすこししたらホールに戻りますね」

胸のむかつきを抑えながらなんとか答えたが、菜央は眉間に皺を寄せている。それから慎重な声音で、「あのさ」と言った。

「プライベートなことを聞くのは気が引けるけど、廣くん、発情期はちゃんと来てる？」

「あの……」

特殊な身体なので、体調を優先するために菜央も廣も勤め先にはオメガであることを告げていた。事前申請しておくことで、万が一体調を崩した場合は、優先的にやすめる仕組みになっているのだ。

発情期の周期も派遣会社には伝えている。菜央もそうだ。オメガに生まれたら当たり前にやってくる発情期を安心して過ごすために、身近に協力者は必要だ。

菜央と一緒に椅子に座り直し、常温のペットボトルを握り締める。

「……じつは、予定より一か月遅れてて」

「廣くんの発情期のペースってあまり崩れなかったよね。なんだろ……最近仕事が忙しかったからかな。それともプライベートでなにかあった？」

しばし迷ったものの、自分ひとりで考え込むのもつらい。こういうときは、菜央に聞いてもらったほうがいい。

「菜央さんには言ってなかったんだけど、僕……夏頃に、うなじ、嚙んでもらったんです」

「ほんと？」

　突然の告白に菜央は目を丸くしている。

「それって、パートナーってこと？」

「運命の番だと思います。獅堂さんと出会ったときに彼からそう告げられたし、僕自身、ほかの誰にも感じたことのない昂ぶりを覚えました」

　菜央とはどんなことでも話し合ってきたが、性的なこととなるとやはり気恥ずかしい。しかし、お互いに発情期はかならず経験するものだし、下手に隠して体調を悪化させるのもよくない。

「菜央さんにはもうパートナーがいるんですよね。それってやっぱり運命の番ですか？」

「そう。彼と出会ったとき、もうあのひと以外と恋することは想像できなくなっちゃった。なんていうかな、目と目を合わせた瞬間、雷に打たれた感じ。なんて、現実には雷に打たれたことないんだけどね」

　ちいさく笑う菜央に、廣も相好を崩す。

「でも全身がざわめいたし、頭よりもこころで彼だけが特別なんだってわかった」

「そのひととはどこで出会ったんですか」

「いまのマンションに引っ越して、最初に挨拶したのが彼だったの。扉を開けてもらってお互いに視線を合わせた途端、挨拶もなにもかも吹っ飛んじゃった。彼もそうで、しどろもどろになってて。三つ年上で、私と一緒にいるときは嘘みたいにやさしいんだ。私が言うのもなんだけど、もうでれでれ。こっちが恥ずかしくなるくらい」

盛大なのろけに、ふたりして一緒に笑った。

「素敵なひとですね。一緒に暮らしてるんでしたっけ」

「ううん、まだ。同じマンションの五階に住んでるから、そんなに気にならないかな。周りに高いビルがないから、五階って結構いい眺めなんだ。デートした日は私の部屋でゆっくり夜景を見ながらごはんを食べるの。彼って自炊が得意だから、いつもお願いしちゃう」

「彼の手料理で一番好きなのは？」

「うーん……」

顎にひと差し指を添え、菜央は目をくるりとさせる。

「グラタン、かな？　チーズたっぷりで焦げ目がついてて、中は海老、マカロニ、ブロッコリー。カロリー爆弾だけど、めちゃくちゃ美味しくて、毎月一度か二度は作ってもらう。……って、あ、私ばっかり話してる。ごめん。廣くんのお相手って？」

やさしい声に引き込まれ、ほかほかと湯気を立てるグラタンを思い浮かべていた。そういえば最近食べていないなと夢想する廣は、はっと息を呑み、顔を引き締めた。

いつかは菜央にも話そうと思っていたのだ。

「三紅商社って、菜央さん知ってます？」

「日本でもっとも有名な商社だよね」

「その、御曹司、です」

「え？」

案の定、菜央はぽかんとしている。

「御曹司？　三紅商社の？」

「そうです。獅堂慶一さんというひとです」

そこでスマートフォンを彼女に見せた。前回、表参道のイルミネーションを見に行った際、ふたりで撮った写真だ。

「うわ、綺麗……。あの夜景見に行ったんだ。大混雑してたでしょ」

「もう、もみくちゃでした」

ふふ、と笑う菜央が再び画面に見入る。

「やさしそうなひと。廣くんを一途に想ってる感じ」

「そう思います？」

「うん。しあわせそうなのがこっちまで伝わるもん」

頼れる同僚の横顔に、やっぱりこのひとに話してよかったなと息を漏らした。

菜央は獅堂の肩書きに驚いたものの、そこを掘り下げるのではなく、写真に映る廣たちをやわらかな視線で捉え、獅堂の想いをくみ取った。

きっと、彼女の中では肩書きよりも愛情が優先されるのだろう。

「獅堂さんとはしょっちゅう会ってるの？」

「はい。彼、すごく忙しいんですが、二週間に一度は会ってくれます。メッセージも毎日くれる」

「ほんとうに廣くんのこと好きなんだね」

微笑む菜央が言葉を切り、すこし真面目な表情になる。

「あのさ、この質問はとても立ち入ったことだから無視してもいい。……っていうか、言葉で訊ねても廣くんが答えにくいよね。ちょっと待ってて」

立ち上がった菜央が自分のロッカーからなにか取り出し、小走りに戻ってきた。

「これ。よかったら試してみない？　大丈夫、新品だよ」

「……これ……」

手渡された細長いスティックに鼓動が駆け出す。

「妊娠検査薬……」

「オメガは万が一の事故に巻き込まれる可能性もあるから、私、いつも持って歩いてるんだ。お守りみたいなものかな。発情期の最中にアルファと身体を重ねると、妊娠する可能性が一気に高くなるでしょう。廣くんが獅堂さんと春頃に出会ったっていうなら、こういうこともあるんじゃないかなって」

妊娠。

獅堂の子ども。

考えてもいなかった。

けれど、思い返せばその可能性は大きい。

平らなお腹に手を当て、とまどいながら菜央を見つめた。

「僕が妊娠しているかも……しれないってことですよね」

「うん。もしかしたら、ってことだけど。違うならそれでいいんだ。でも、もしも……ってことなら、すぐにもお医者さんに行ったほうがいいよ」

放心しながら妊娠検査薬を見下ろした。

つかの間黙りこくっていた廣に、菜央も無言で寄り添っていた。

菜央を心配させている。遅まきながら気づき、廣はひとつ頷き、立ち上がる。

「試してきます。菜央さん、そこにいてくれますか？」

「いる。待ってる」

真剣な面持ちの菜央が嬉しい。ふらつきながらトイレに向かい、しばしの間、個室内でじっとしていた。

結果は明らかだった。

「あの……」

おぼつかない足取りで菜央のもとに戻り、震える手の中にある検査薬を見せた。菜央は派手に声を上げるでもなく、スティックに視線を落としている。

「——獅堂さんに言う？」

とっさに頭を横に振った。

言えない。言えない。あなたの子を宿しましたなんて、軽率に言えることではない。

運命の番であったとしても、うなじを嚙まれていたとしても、獅堂が三紅商社の次期社長であることを冷静に考えたら、この身に起こった変化をうかつに伝えることはできない。

「どうして?」

心配そうに訊ねてくる菜央に、目を伏せた。

「獅堂さんの未来を邪魔すると思うから」

「でもさ、獅堂さんは廣くんのことを運命の番だって言ってくれたんでしょう? そのうえでうなじを嚙んでもらったんでしょう? どうしてためらうの」

「立場が違いすぎます」

「それは……そうかもしれないけど、獅堂さんの肩書きに怯(おび)えていたら、廣くん、ここまで来なかったんじゃない?」

菜央の言うことはもっともだ。

力が抜けたように椅子に腰を下ろし、深く息を吐き出した。

「僕、ばかだな……。こういうことがあるかもしれないって、あまり考えてなかった……。出会った瞬間から獅堂さんに惹かれて、舞い上がって、溺れて——自分が子どもを産める身体だって忘れてたわけじゃないけど……やっぱり初めての恋に目がくらんでいたんだと思います」

「獅堂さんだって、廣くんがオメガだって知っていて愛してくれたんだよね。だったら、肩書きよりもなによりも、廣くんとの将来をちゃんと考えてたんじゃないかな」

諭すような声音に顎を引いたものの、すぐにも打ち明けよう、という気にはなれなかった。獅堂がどういう立場にあるかという事実を、廣は名刺に書かれたものでしか知らない。彼が日々、オフィスでどんなふうに仕事しているのか、一度も見たことがなかった。獅堂が働く場所を想像してみたが、テレビや雑誌で見たガラス張りのビルに吸い込まれていくひとや、豪華な室内で商談にのぞむというありきたりな場面しか浮かんでこない。

思惟をめぐらせ、「……菜央さん」と呟く。

「もし、僕がこのことを獅堂さんに打ち明けなかったら、菜央さんは僕を軽蔑しますか？」

廣の言葉をどう受け止めるべきか、菜央は考え込んでいる。想いを通わせたふたりが愛し合った先で育んだ結晶について、なぜ獅堂にすぐさま言わないのか。当たり前の感情を彼女の顔に見て取ったが、菜央はそれ以上追求してこなかった。

——立場が違う。

いまさらだろうが、現実は重い。

相手は世界有数の企業をいずれ統率する立場にあり、かたや自分はごく普通の一般人だ。大勢のひとの上に立つ才能や力はないし、廣にはもう家族もいない。そして、獅堂を囲むひとびとにとっては、春先にいきなり現れた単なるオメガだ。

獅堂自身が言っていた。次々に見合い話が持ち込まれると。獅堂は裕福な家庭で育っても、堅苦しさを覚えていたことは廣も聞いていた。寝る場所にも食べることにも困らなかったが、ありふれた愛情を獅堂は与えられなかった。次期社長として徹底的な英才教育を受け、優れた統率力、堂々たる振る舞い、洗練された身のこなしを叩き込まれてきた獅堂はどこからどう見ても文句のつけようがない王者だ。

　そんな彼の両親が、どこの馬の骨ともわからぬ廣を、ましてやその子どもを受け入れてくれるかどうかと考えたとき、自分でも顔が曇るのがわかる。獅堂自身がこころから廣を求めたとしても、両親をはじめ、彼の一族が大反対することだってあり得るのだ。

「軽蔑なんてしない。できないよ、そんなこと。廣くんが怖じけづく気持ちもわかるから。でもさ……なにも話さないで片付けようとするのは、廣くんにとっても獅堂さんにとってもつらいんじゃないかな。子どもはいらないって、獅堂さんが言ったことある？　そういう話、ふたりでしたことある？」

「ない、です」

「普段はなかなか出てくる話題じゃないよね。だからこそ、言っていいと私は思う。獅堂さんは無責任に廣くんと付き合っているとは思えないし、もし、妊娠にびっくりしたとしても受け入れてくれるよ。獅堂さんを知ってるってわけじゃないけど、さっき見せてもらった写真。あんなにやさしい笑顔を見せてくれるひとが、あっさり手のひらを返すなんて思えないもん」

　言い聞かせるような声に、何度も頷いた。そうであればどんなにいいか。

「廣くんがどういう決断をするか、いやじゃなかったら私に教えてほしい。廣くんをサポートしたい」

　誠実な言葉に、温かいしずくがじわりと目縁に浮かぶ。

　思いがけない出来事に喜びと不安が同じくらい混ざり合い、どうすればいいのかわからなかったのだ。

　なにかと気遣ってくれる菜央なら、どんな答えを出してもかならず支えてくれるだろう。

　奇跡に等しい命を授かったお腹を両手で守り、涙があふれるままに任せた。

「この子だけは、なにがあっても大切にします。それだけは菜央さんに誓います。獅堂さんに言うか言わないか、どちらを選んでも菜央さんには伝えます」

「いつでも私に連絡して。なんだったら、私の部屋においでよ。私と彼と一緒に、廣くんを守るよ」

「ありがとうございます」

　頷いた矢先だ。スマートフォンが震えていることに気づき、胸騒ぎを覚えながら液晶画面を見てみると、案の定、獅堂だ。

『忙しいところすまない。最近会えてなかったから、今週のどこかで夕食を一緒に食べないか？　話したいことがたくさんあるんだ。廣がこの間教えてくれた映画も観たから、感想を言い合いたい』

　たったいま話題にしていた当人からの連絡に、心臓がばくばくする。なにも後ろめたいことはないのだから堂々としていればいいのだが、この身体に秘密が生まれた以上、いままでと同じ顔を作ることはできない。

せっかく獅堂が誘ってくれたのだ。妊娠の事実を打ち明けるか、それとも隠しておくか、直接会ってから決めてもいい。

「獅堂さんから?」

「はい。明日、夕食を一緒に食べないかって」

察したらしい菜央が困ったように笑う。

「もしかしたら、廣くんがひとりでなにか大切なことを決めちゃうかもってピンときたのかな。予知能力があるのかも、なーんてね」

「ほんとうにそうかも……だって、タイミングすごすぎませんか? ついさっき、菜央さんから妊娠検査薬を受け取ったのに」

「それだけ獅堂さんもきみのことを想ってる証拠だよ。いま頃どうしてるかなとか、この間すこし風邪気味だったけどこじらせてないかなとか、私もよく考える。『考えすぎだよ』って彼には笑われるけど、そういう彼だってちょくちょく、『今日ちゃんとごはん食べた?』ってメッセージ送ってくるし。お母さんみたいって笑ったことあるよ」

「菜央さん、たまにお昼の休憩を取らずに仕事しちゃいますもんね。きっとそういうのが彼にも伝わってるんですよ。心配なんだろうな」

「ね。きっといまの獅堂さんも私の彼と同じだよ。好きだから、相手のことが気になる。想いを馳せる。そういうことをちっともしなかったら、そもそも恋人じゃなくない?」

「うん……」

菜央の言うとおりだ。大人だからべたべたと寄り添うことはしないが、だからといってまるっきり関心がないとなったら、付き合っている意味がない。

「いま顔を合わせたら、お互いの立場もわすれてなにもかも喋っちゃいそうで怖いな」

「それはそれでいいんじゃない？　獅堂さんだって廣くんとの未来を考えてると思うよ」

「そっかな……」

「そうだよ。もし私が獅堂さんの立場だったら、ひとりで抱え込まずになんでも話してほしいと思う。お腹の子は廣くんと獅堂さんのふたりがいたからこそ愛の証なんだし。獅堂さんのこと、もっと信じてもいいと思うけどな」

ですね、と返したものの、まだ迷いがある。

無邪気に、『あなたとの子どもを宿したみたいです』と言えていたら。

けれど、『まさか』と鼻で笑われようものならこころが折れてしまう。自分でも弱いなと思うが、獅堂の生まれや立場を変えることはできない。もし、獅堂が喜んでくれたとしても、彼の両親、ひいては彼の会社に反対されることになるとしたら身が凍る思いだ。

——あのひとに、僕はふさわしくない気がするんです。

実際にそう言ったら、菜央は笑顔でやんわり否定するだろう。自分自身、いままで積み上げてきた獅堂との時間を疑うのかと思うところはある。

だが、どうしても——どうしても、身分違いではないかという不安が胸をよぎるのだ。

いくら考えても、いまは堂々めぐりだ。

「……会ってみないとわかりませんよね。深く考え込むことはやめておきます」

「だね。獅堂さんと直接話したら、ぜーんぶ、廣くんの取り越し苦労だってことになるかもよ」

冗談めかす菜央とふたりで笑った。

胸の奥で、——ほんとうにそうならいいなと願わずにはいられなかった。

祈らずにはいられなかった。

7

真冬のきりっと冷たい空気が好きだ。澄み切った空が広がる日に、廣はオフホワイトのダウンジャケットとジーンズを身に着け、都心へと向かっていた。

電車内で、何度も名刺を見直す。あらかじめ、乗り換えはアプリで調べてある。

獅堂のオフィスは赤坂にある。廣にとってはなかなか縁のない場所だ。

昼の十二時すこし前、名刺に書かれたビル前で啞然とした。

巨大なオフィスビルは、三紅商社の本社だ。

想像を遙かに超える堂々とした建物のてっぺんが見えず、萎縮しそうだ。数歩後ずさったものの、ここで引き返してはなんの意味もない。

今日、ここで獅堂と会う約束をしていた。食事に行くのは夜だが、『その前に、一度私のオフィスに来ないか』と昨夜、獅堂が誘ってくれたのだ。

『私がどんな場所で仕事しているか、廣にも見てほしい。秘書の矢代とも会わせたい』

『お邪魔になりませんか』

『とんでもない。以前から矢代にはきみのことを話していて、彼もぜひ会いたいと言っていたんだ。夕食を食べる予定のチャイニーズレストランは六本木にあるから、ついでにオフィスを見てくれないか？』

断る理由もない。

獅堂がどんなところで仕事をしているか、ずっと気になっていたのだ。彼とともに辣腕を振るっているだろう秘書の矢代にも挨拶がしたい。

そう言うと、すぐに『よかった』とメッセージが返ってきた。

獅堂と約束したのは、十三時だ。だが、いつになく気が急いていて、待ち合わせの時間よりもだいぶ早く着いてしまった。腕時計を見ればまだ十二時だ。

どこかで時間を潰すか、それともとりあえず獅堂を訪ねてみるか。

無意識に手のひらでお腹を守るようにしていた。

検査薬で新しい命を授かったことを知り、今朝早くに廣はかかりつけの病院で診察を受け、『おめでたですね』と主治医から笑顔を向けられた。

ひるがえせない事実が、この身体にある。

このことを内密にすることもできるし、獅堂に打ち明けてふたりで未来を考えることもできる。どちらを選ぶべきかここに来るまでの間も散々考えたが、そびえ立つビルの前ではまた答えを見失いそうだ。

だが、自分だって親になるのだ。こんなことでくじけていたら、この先やっていけない。

しっかり息を吸い込んでいくつもあるガラス扉をくぐり、スーツ姿のひとびとにまぎれながら正面のカウンターに近づいた。男性ひとり、女性ふたりが笑顔を向けてくる。

「あの、すみません。こちらにいらっしゃる獅堂慶一さんにお会いできますか」

「恐れ入りますが、お約束はいただいておりますか?」

真ん中の女性に、「十三時に」と言う。

「十三時にお邪魔する約束をしています。早めに来てしまったので、もし、お忙しいようならどこかで時間を潰してきますとお伝えください」

「お名前を伺(うかが)えますか」

「青埜廣と申します」

「しばらくお待ちくださいませ」

女性は内線を通じてどこかに連絡を取り、いくつかやり取りをしてから、微笑みかけてくる。

「青埜様、申し訳ございません。獅堂はただいま席を外しております」

「……あ……」

やはり早すぎたか。

平日の昼間だ。廣と会う前に片付けておかねばいけない仕事があるのだろう。邪魔してもいけない。「出直します」と頭を下げてきびすを返そうとすると、女性が慌てて、「あの」と声をかけてきた。

「獅堂の秘書である矢代がぜひお会いしたいと申しております」

矢代の名前に、そういえば、と思い出した。秘書に会わせたいと獅堂が言っていた。

だったら、ひとまず矢代には挨拶していこう。

「では、お手数ですが、矢代さんに取り次いでいただけるでしょうか」

「かしこまりました」

女性は再度、内線で確認を取ったあと、廣にゲストパスを渡してくれた。

「向かいに見えるゲートをとおって、右にあるエレベーターで三十五階までお上がりください。ホールで矢代がお待ちしております」

「わかりました。ありがとうございます」

深く頭を下げ、警備員が常駐しているゲートをとおり抜けてエレベーターに乗る。見知らぬ若い男性がふたり、一礼して乗り合わせてきた。ダウンジャケット姿の廣がゲストであることはひと目でわかったらしい。

「何階へ行かれますか?」

「三十五階にお願いします」

右側の男性がフロアパネルを押し、隣にいる同僚らしき男性と小声で話し出す。

「――あのプロジェクト、暗礁(あんしょう)に乗り上げてたけどもう一度動いてほっとしました」

「ああ、獅堂専務取締役が奔走してくれたおかげだ。今度チーム全員で夕食を食べに行こう」

「ですね。獅堂専務のお好きなレストラン、空きがあるかチェックしておきます」

やり取りを聞くからに、精力的な獅堂は部下たちに慕われているようだ。そのことに内心安堵し、先にエレベーターを降りたふたりを見送った。

目的の三十五階で静かに箱が止まる。銀色の扉が開いた向こうには、ダークネイビーのスーツを身にまとった男性が待っていた。

「初めてお目にかかります。獅堂専務取締役の秘書を務めております、矢代肇と申します」

「青埜廣です」

「お待ちしておりました。どうぞこちらへ」

獅堂と同年代に見える矢代は理知的なメタルフレームの眼鏡をかけ、洗練されたたたずまいだ。緊張する廣をいざなう彼は「こちらが獅堂専務取締役のオフィスです」とブラウンの扉を開く。

広く、開放的なオフィスは、はめ殺しの窓を背にして大きなデスクが置かれ、商談をまとめるために使うのだろう、ソファセットもしつらえられている。壁には鮮やかなブルーとシルバーの絵の具が自由に撥ね飛ぶ抽象画が掛けられていた。

「おかけください。コーヒーか紅茶、オレンジジュースはいかがですか?」

「では、オレンジジュースをお願いします」

「お待ちください」

細く息を吐き出し、豪華なソファに腰を下ろしてあたりを見回した。

一大企業の跡継ぎにふさわしく、ゆったりとしたいい部屋だ。華美になりすぎず、威圧するわけでもないこの部屋は思っていたよりもほっとできる場所だ。

そんな廣の表情を見守っていたらしい矢代が細長いグラスを置いてくれた。

「私も座って構いませんか?」

「もちろんです」

ティーカップを携えた矢代が向かいのソファに座り、軽く頭を下げた。

「せっかくいらしていただいたのに獅堂が不在で申し訳ございません。お約束されていたことは私も聞き及んでおります」

「いえ、僕のほうが早く来すぎたんです。オフィスに入ってしまってお邪魔じゃありませんか?」

「お気になさらずに。それよりも……、ご気分がすぐれないようにお見受けしますが。なにかべつの飲み物を用意しましょうか?」

「大丈夫です。ありがとうございます」

妊娠が判明してから体調管理には気を遣っているのとはべつに、獅堂のオフィスで失礼がないように振る舞おうとしているのが顔に出ているのだろう。

もう一度、「大丈夫です」と念を押すと、矢代は頷き、カップを口に運ぶ。

「あなたのことは獅堂から聞いております。獅堂がこんなにも浮き立っているのは初めてですよ。彼のこころを奪ったのはどんな方なのか、私もぜひお目にかかりたいと思っておりました」

「たいした者じゃありません」

身をすくめると、カップを揺らしていた矢代がくすりと笑う。

「獅堂はあなたをなにより大切に想っております。運命の番だと熱心に申しておりました」

「恐縮です」

第三者の口から聞かされると、気恥ずかしい。一見、冷ややかな印象の強い矢代に、獅堂はどんな話を聞かせているのだろう。

「獅堂さん、御社の次期社長になられるんですよね」

「ええ、スムーズに運べば」

矢代はティーカップに口をつけ、ひと差し指で眼鏡を押し上げる。その声音に不安定なものを聞き取り、廣はグラスをきゅっと握る。

「スムーズ……に行かない可能性もあるんですか?」

矢代はしばし口を閉ざし、考え込んでいる。静かにティーカップをソーサーに戻して立ち上がった。

「今朝方まではすべて順調に進んでおりました。ですが、不測の事態が起きまして」

「どんなことですか」

「私の口から申し上げてよいのかどうか迷うのですが――行き違いがあってもいけないので、包み隠さずお伝えします。その前に獅堂がどれだけ本気か、知っておいていただいたほうがいいかもしれません」

デスクに歩み寄る矢代がジャケットの内側からキーケースを取り出し、かたん、とかすかな音を立てる。

ちいさな箱を手にして戻ってきた矢代が再び向かいに腰かけ、「これを」と差し出してきた。深紅のベルベットの小箱と矢代を交互に見つめると、「どうぞ、お開けください」とうながされた。

固唾（かたず）を呑んで、おそるおそる小箱を開いた。しっとりとした光沢のある台座に、美しく輝くリングがはまっている。

「これ」

「獅堂があなたに贈るつもりだった指輪です」

「……だった？」

ぎゅっと胸が締めつけられて苦しい。

「いえ、私の言い方がまずかったですね。獅堂は今夜、青埜さんと食事をする予定でした。私がレストランの手配をしております」

なにがあるというのだろう。

そっとリングをつまみ上げ、右手の親指から順々にはめていく。プラチナのリングは、左手の薬指にしっくりと収まった。

いつ、これを用意したのか。

どうして矢代がこれを出してきたのか。

「獅堂さん、いまどこにいらっしゃるんですか」

「都内のとあるホテルに。ご両親である社長ご夫妻といらっしゃいます」

ほの暗い雲が立ち込め、胸を満たしていく。

薬指を彩るきらきらした指輪に視線を落とす。この指輪にどんな意味があるのか、いますぐ獅堂に聞きたい。けれど、秘書の矢代によれば、彼は両親と一緒にいるという。話の先を聞くのも聞かないのも、自分しだいだという気がする。矢代から悪意は感じられない。罠（わな）に仕掛けようという意地の悪さもない。矢代はたぶん、味方だ。

左手を右手でくるみ、廣は思いきって顔を上げた。

「獅堂さんがどんな方と会ってらっしゃるか、教えてもらえますか」

矢代がまっすぐ視線を絡めてくる。

「獅堂は、見合いの席におります」

「お見合い……」

「——運輸会社のご令嬢です」

廣でも知っている大企業の令嬢と獅堂が、たったいまこの瞬間、見合いをしている。

その事実に目眩がしてくる。身体がぐらつき、矢代が素早く腰を浮かした。

「大丈夫ですか。冷たい水でもお持ちしましょうか」

「……すみません。お願いします」

すぐさま冷えたグラスを持ってきてくれた秘書に礼を告げ、ひと息に水を呷った。それでもまだ、ぴりぴりと神経がざわめいている。

「もう一杯どうぞ」

お代わりの水を渡してくれる矢代に力なく頭を下げた。

二杯目の途中で咳き込んでしまった廣を、矢代が心配そうに見守っていた。

「すこしここでおやすみください。車を出しますから、ご自宅までお送りします」

「いえ、そこまでは……大丈夫、です。……獅堂さん、どなたかとご結婚、されるんですか」

「社長は前向きだと伺っております」

「獅堂さんご本人は？」

「もちろん、青埜さんだけです。今朝早く、社長から見合いをセッティングしたという連絡が突然入ったことで獅堂はなかば無理やり連れ出されました。お相手の立場を考えた場合、会う前からキャンセルすることはどうにも難しかったので。獅堂もずいぶん悩んでおりました。今回は社長夫妻に不意打ちをされてしまったけれど、青埜さんとの将来のためにこれを最後の見合いにしてけりをつけてくると言っておられました」

うかつなことを言わず、事実のみを伝えてくる矢代は信用に値する人物だ。

煌めく指輪が、獅堂の想いだ。

彼は、自分を選んでくれた――そう信じたい。

「獅堂は、十三時前には戻る予定です。もうすこしだけ待っていてくださいませんか。私の勝手な判断であなたに指輪を渡したことを獅堂は怒るかもしれませんが、下手なすれ違いを起こすくらいなら、私から真実を打ち明けておいたほうがよいかと思いまして」

獅堂は、ほんとうに廣と将来を歩むつもりなのだ。

だが、いまの廣は事情が違う。新たな命を宿した身体を矢代に気取(けど)られないよう、そっとグラスをローテーブルに戻した。

結婚を申し込んでくれようとしていた獅堂の想いは嬉しい。涙が滲むほど嬉しい。

彼の立場なら、両親から急にねじ込まれた見合いをむげにすることはできなかったのだ。廣に中途半端なことを伝えて、不安に陥(おとしい)れるくらいなら、きちんと見合いを断ったあとにすべてを話そうと考えたのだろう。

——けりをつける。

その想いはきっと本物だ。たぶん、いまこのときも獅堂は一刻も早くオフィスに戻るため、じりじりしているに違いない。

しかし、廣が子どもを宿したことを獅堂はまだ知らない。もちろん、彼の両親にとっても寝耳に水だろう。

もうすこし前の自分だったら素直に指輪を受け取り、幸福に満たされながら獅堂の帰りを待っていたに違いない。だが、タイミングが悪すぎる。なにもかも。

獅堂の子どもを身ごもったのと、彼の見合いがセッティングされたのがほぼ同時なのは、運命のいたずらか。

そこで、廣は苦く笑う。どこまでも運命に振り回されている。獅堂と番になったのも運命だし、彼が良家の子女と向かい合っているいまこの瞬間も、運命によって決められている。そこに自分の意思が入る余地はないのかとあがきたかった。抗えない力に引きずり回されるというのはロマンティックかもしれないが、残酷でもある。

獅堂は、廣と出会ったときのことをよく覚えていた。確かにひと目で惹かれたが、彼のジャケットを丁寧に扱う廣に、初めての温もりを感じたのだと。あれは、獅堂自身の揺らがない真実だ。運命に翻弄されてすべてが呑み込まれたわけではない。

口を閉ざし、指輪を見つめた。

自分にも虫の知らせがあったのだろう。獅堂がどんなところで働いているのか知りたくて約束よりも早めに着いたことで、すべてを知ってしまった。獅堂にしたら物事を順序立てて事情をあきらかにしようと考えていたことを、廣が一番悪い形で露呈させてしまった。

指輪のサイズはぴったりだ。いつの間に知ったのだろう。覚えている限りでは指輪のサイズを聞かれていないし、ともに宝飾店に足を運んだこともない。きっと、寝入った隙に獅堂が測ったのだろう。

「綺麗ですね。よくお似合いです」

「僕には……もったいないくらいです」

「それに決めるまで、獅堂は都内の宝飾店をいくつも訪れていました。僭越（せんえつ）ながら、私も何度かお供していています。青梺さんのお写真も拝見しておりました。『彼に一番似合う指輪がほしいんだ』と指輪を選ぶ獅堂は、とても楽しそうでした。過去、親しくお付き合いしていた方に見せていた笑顔とはまったく違ってこころからおしあわせそうで、私としても、ついに運命の番と添い遂げるんだなとほっとしておりました」

矢代は獅堂のよき参謀なのだろう。冴え冴えとした面差しにすこしだけ笑みを乗せ、廣の手元を見つめている。

「どうか、獅堂を待っていただけないでしょうか」

切実な声になにか言おうとして、いまさらながらに、広々としたオフィスの中でぽつんと座る自分のちいささに気づき、下くちびるを噛んだ。三紅商社の次期トップと、なんの後ろ盾もない自分。出会えたのは確かに運命かもしれないが、どう考えても釣り合いが取れない。そんなことは最初からわかっていたことなのに、獅堂の日常や近しいひとに触れて、ますます違和感が募る。

獅堂の想い、矢代のやさしさをなんのためらいもなく受け止めることができたら、どんなにいいか。

だけど、厚かましく居直ることはやはりできない。自分ひとりならともかく、大切な命を抱えている状態で獅堂に会ったら、彼の未来、ひいては三紅商社の行く末を大きく変えてしまう。

廣が抱えていくものよりずっと大きなものを獅堂はその肩に背負っている。彼と、三紅商社のことを考えたら、お見合いを受けたほうがきっといい。

――平凡な僕を選ぶことはしないでほしい。僕には三紅商社を率いるひとを支えられるほどの力はない。逆に足手まといになってしまう。

「獅堂さんのご両親って、どんな方ですか。すこし厳しい方だというのは聞いてます」

「そうですね。確かに……厳格な方々です」

矢代は言葉を濁し、カップを手の中で揺らす。

「我が社の繁栄をつねに追求されております。代々の獅堂一族に先見の明があったからこそ、三紅商社は業績を伸ばし、世界的規模の企業に発展しました。現社長は、獅堂にさらなる飛躍を求めていらっしゃいます。ですが、私個人としては獅堂自身のしあわせを願っていて……」

後半はあまり耳に入ってこなかった。

軽い目眩を覚える中で、重々しい言葉を反芻した。

繁栄。獅堂一族。業績。世界的規模。

どれをとっても自分には不釣り合いだ。一介のオメガが背負えるような肩書きではない。

瞼を閉じ、努めて深い呼吸を繰り返すうちに、こころの底にある想いに光が射し込む。

いまの自分には、守るべきものがある。世界的に名を轟かす企業と比べたらあまりにささやかだが、ほかの誰にも譲れない、ほかの誰にも守れない命だ。

深く息を吸い込んで、顔を上げた。

「僕、このへんでおいとましますね」

「ですが、もうすこしで獅堂は戻ります」

「いえ、お邪魔になるだけなので」

「ならば、ご自宅までお送りいたします」

腰を浮かす矢代が引き留めてくるが、気丈に振る舞った。

「お気遣いありがとうございます。ほんとうに大丈夫です」

「では、せめてこの指輪をお持ちください。私から渡すのは獅堂にとっても不本意でしょうし、先走っているのは重々承知しております。でも、このままではいたずらに青埜さんを不安にさせるだけで、私も気がとがめます。事情は私が責任を持ってつまびらかにしますから、青埜さんはなにも心配されず、指輪とともに、あなたに結婚を申し込むつもりでいる獅堂を待っていてくださいませんか」

「……結婚」

「はい。この指輪がなによりの証です」

リングが収まっていた箱を渡されて指がこわばったが、意識して呼吸を深めた。

「帰りますね」

「青埜さん……」

焦燥感を滲ませた矢代に頭を下げ、豪奢なオフィスをあとにした。

ないほうがいい。

冬の陽射しが照らす街に出てゆっくりと歩いていると、気持ちも固まっていく。彼のために、彼の未来のために、彼を取り巻くひとびととビジネスのために、自分はいないほうがいい。

煙のようにふっと消える。ひとりでは難しいだろうから、申し訳ないが、菜央の力を借りよう。すべてを知っている彼女なら、きっとうまく隠してくれる。

街角で立ち止まり、肩越しに振り返る。

抜けるような青空の向こう、三紅商社のビルが輝いていた。

あれはけっして手に入らないダイヤモンドのようなもの。あのダイヤモンドを欲する無数のひとがいる。

自分の身体の中にも、宝石がひとつ。これだけは、なにがあっても守り抜く。

矢代から渡された小箱を開いて、煌めく指輪を左の薬指にはめた。

空にかざした薬指がまぶしくて、せつない。獅堂を裏切るようなまねをするのがつらかった。

それでも、いまは。

頬を切るような冷たい風が吹きつけてくるけれど、廣はまっすぐ前を向いて歩き出した。

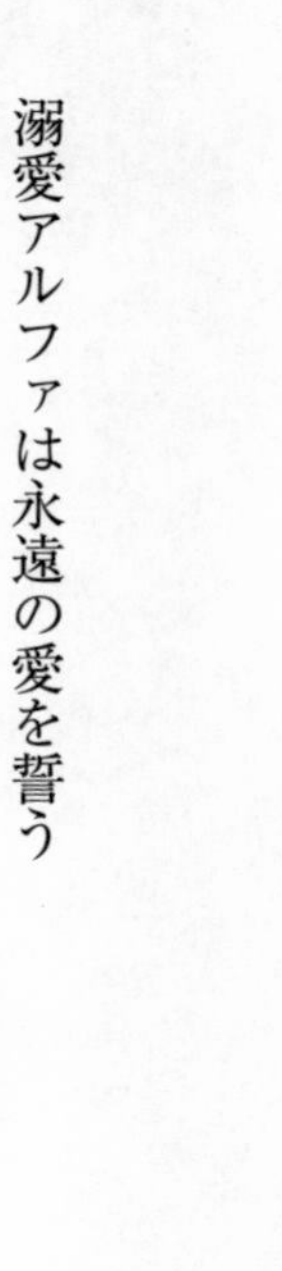

溺愛アルファは永遠の愛を誓う

1

カレンダーをめくると、「12」という数字が目に飛び込んでくる。

獅堂慶一は熱いブラックコーヒーを飲みながら、ポストカードサイズのカレンダーを手に取る。

あれから、三年の月日が過ぎた。

掴みかけていた光が突然消え、三年経った。

それは、青埜廣が自分のもとから姿を消してからと同じだけの年月だ。

彼と最後に会ったのは、獅堂の秘書である矢代肇だ。三年前の冬、今日のように晴れた日に獅堂のオフィスを訪ねてきた廣と矢代は小一時間言葉を交わしたらしい。矢代の判断で指輪は廣の手に渡り、彼はなにも言わずに消えた。

見合いの席もそこそこに、足早にオフィスに戻った獅堂を出迎えた矢代は、いつになく急いた様子で、『青埜さんがいらっしゃいました』と告げ、動揺していた。『すぐ連絡してください』とせっつかれた。常日頃、冷静な秘書にしてはめずらしく焦った様子に胸騒ぎを覚え、廣のスマートフォンをコールしてみたが、返答はなかった。メッセージアプリにも、『会って話がしたい』と送ったが、既読マークがつくことはなかった。

何度電話をかけても、何度メッセージを送っても、返事は来なかった。連絡が取れなくなって三日後、『おかけになった電話番号は現在使われておりません』という音声に切り替わり、目の前が真っ暗になった。

「きみはどこにいるんだ」

赤坂に本社を構える三紅商社の三十五階に、獅堂のオフィスがある。大きなデスクの背後は一面ガラス張りで、怖くなるほどの絶景が拝める。深く椅子に背を預けて窓を振り返れば、まぶしいほどの陽射しが煌めいていた。

廣の行方をたどることができなかった自分はなんと無力なことか。世界にその名を誇る大企業の跡取りという肩書きは、消えた温もりを探すのになんの役にも立たなかった。四方八方手を尽くしたが、廣は忽然と姿を消し、その行方は杳として知れない。

なぜ、廣が自分の前からいなくなったのか。こころあたりがないとは言えない。

彼がオフィスを訪ねてきた日、獅堂は現社長である父の厳命により、内心歯嚙みしながら大手運輸会社の令嬢と見合いの席に着いていた。本来なら廣にオフィスを案内し、矢代と引き合わせ、夜になったら食事に連れ出してプロポーズするはずだった。

いまさら見合いなど断ると一刀両断すればよかったのだが、直前でキャンセルすれば相手の令嬢やバックの企業の顔に泥を塗り、三紅商社も甚大な被害を被ることもわかっていた。見栄や建前を重んじる席で、互いの両親や後ろに控える企業はともかく、親の言いつけに従っておとなしく待っているだろう令嬢ひとりに恥をかかせることもできず、獅堂は焦りと苦々しさを覚えながらオフィスをあとにした。

這々の体で見合いから戻り、落ち着いたところで廣にすべてを打ち明けて指輪を渡すつもりでいたが、ひと足遅かった。

なにもかも知った廣は、焦った矢代から指輪だけ受け取り、姿を消した。

すべては、自分の責任だ。

あの日、約束よりも早めにオフィスに来た廣は、なにかが起きることを意識下で察したのだろう。そして、それは当たってしまった。

自分のせいで廣を追い詰めた。会社のことなんか捨てておくべきだったのだ。

「……どこにいるんだ」

思案に耽っていると、手元に置いたスマートフォンが振動する。液晶画面には、「母・亜紀美」と表示されていた。ため息をつきながら「はい」と出ると、『慶一さん？　いまいいかしら』と高圧的な声が聞こえてくる。

いいかしらと訊ねてきて、「忙しいんですよ」と返答したとしても、強引に話を進める母だ。

『この間も話したことだけれど、あなた、そろそろお見合いしないと。前の方からもう三年経ってるのよ、三年。長すぎるわ』

「再三言いましたが、見合いは二度とお受けしません。お母さんやお父さんにも言ったでしょう。僕の生涯の伴侶は僕が見つけます」

『だからって、相手の素性が怪しかったらどうするの。慶一さんにはいずれお父様の跡を継いでもらうんだし、身元が確かな方じゃないと私、いやよ』

いやよと言われても、そうですねと返すわけにはいかない。

三年前、両親が命じた見合いの席を蹴っ飛ばしていれば、いま頃、廣はまだそばにいてくれたはずだ。きっと——たぶん。断言できないのは、ほかにも理由があるかもしれないと思うからだ。

廣が自分に愛想を尽かして失踪したなら、たとえ見つけ出しても、進展は望めないだろう。暗澹(あんたん)たる胸の裡(うち)にまったく気づいていないらしい母は電話の向こうで、不満そうにため息をつく。

『お願いだから、ちゃんとしたひとを選んでちょうだい。あなたのためを思って言ってるんだから』

結局そういう言い方をされるのか。

あなたのため。

おまえのため。

幼い頃から繰り返されてきた言葉が、獅堂を息苦しくさせた。

根っから悪いひとたちではないことはわかっている。だが、子どもを自分たちの所有物と捉えている節があるのだ。なんでも言うことを聞いて、言ったとおりに動くロボットのような子どもだったら、寂しいなんて想いは抱かない。

この胸にあるもどかしさをどう表現しても、両親は理解できないだろう。

それがせつなかった。

実の親なのに、わかり合えない。むなしいといまさら言うつもりはないが。

「見合いについては二度とお受けしません。僕の伴侶は、いずれご紹介します」

『勝手なことばかり……軽率なまねはしないで。結婚はあなただけの問題じゃないの。三紅商社の命運を握っているのは、慶一さん、あなたよ』

「わかってます」

両親を納得させるためには、仕事の面でも成果を出さなければいけない。父以上の牽引力を示したうえで自分が愛したひと――廣を引き合わせたい。

その後もすこし話し、母のほうから通話を終えた。これもまた、いつものことだ。話したいタイミングと切り上げたいタイミングは昔から母が決め、獅堂は黙っているか、必要最低限の返事をすることしか許されなかった。

我が両親ながら扱い(あつか)が難しい。三十八歳になった獅堂をまだ子ども扱いしてくる彼らに、当たり前の愛情は期待できない。父と母は政略結婚で、どちらも冷めている。父は仕事にのめり込み、母は上流階級の人間らしくパーティや外国旅行に飛び回っていた。自分をもうけたのは、単に獅堂家の血を継いでいくためだけで、ふたりとも子育てには興味が薄かった。

虐待こそされなかったものの、しつけは厳しかった。獅堂家の子息として礼儀正しく、品のある振る舞いをし、誰の目から見ても優秀な人間であることを彼らは求めてきた。獅堂は、両親にとっての勲章だった。ひとつの傷もなく、いつまでも美しく、堂々と輝く勲章。そこに人間らしい感情はなくても、立派な見た目であれば彼らは満足するのだ。そう考える自分もまた、親離れできていないのだろうと嘆息した。一方的に不満を募らせるだけなら、すべて捨ててどこか遠くへ行ってしまえばいい。

しかし、獅堂としても、幼い頃から見てきた父の仕事ぶりや三紅商社という巨大な組織への憧れはすくなからずあった。総合商社の業務は激務としても広く知られている。時差のある諸外国と取引するなら早朝だろうと真夜中だろうと冴えた意識で対応する。ハードな仕事ゆえに、過労を訴える社員もたまにいた。

もしも自分が会社をリードする立場になったら、現状を改善したいとつねづね願っていた。いまよりもマンパワーが必要だ。どの企業も人員削減をしているが、それではビジネスが先細りするだけだ。

獅堂としては、高学歴の者しか採らない会社の方針をあらため、能力のある者なら学歴を問わず迎え入れたいと考えていた。その夢を叶えるために、いま抱えているプロジェクトをかならず成功させてみせる。

意気込んではみたものの、頭の片隅にはやはり廣がいた。

独りよがりな考えがもし廣に届いていたら、失望されるに違いない。彼を失ったのはすべて自分のせいだ。見合いに行くことをきちんと伝えていたら、廣はまだそばにいてくれてきた。

もろいなと自嘲し、冷めつつあるコーヒーに口をつけると、扉をノックし、矢代が入ってきた。

矢代は獅堂を見るなり、顔を曇らせる。

「ご気分がすぐれませんか、専務」

「見てのとおりだ」

低く呟き、手元に置いていたスマートフォンをたぐり寄せた。すっかり暗記している廣の電話番号は、いまでも消せずにいる。数々のメッセージも同様に。

「すべては私の責任です。私が余計なことをしなければ……ほんとうに申し訳ございません。どう謝罪すればよいのか」

「きみのせいじゃない。そもそも私に問題があったんだ」

肩を落とす秘書に、静かに語りかけた。

「——立場なんて考えず、見合いなんて行かなければよかったんだ。指輪だけ持って彼のもとへと行けばよかったんだ」

矢代は悄然としている。この三年間、なんとか耐えてこられたのは、矢代が血眼になって廣を捜す手伝いをしてくれたからだ。

結局、見合いは断った。父がどうしてもと強引にセッティングし、三紅商社としても相手の企業とは密接な繋がりがあり、建前だけでも整えなければと一瞬でも思った自分の軽率な判断がいまでも悔やまれる。父は激怒していたが、獅堂にとっては廣を失うという思ってもみない危機に見舞われ、生まれて初めて取り乱した。

繰り返す後悔の波に溺れそうだった。指輪を用意するよりも先にすべきことがあったはずだ。

眠ることも、食べることもできないのに、膨大な仕事をこなさなければいけなかったあの頃を思い出すだけで、よく乗り越えたものだといまでも苦しい。ほんとうに乗り越えたわけではない。廣はまだ見つかっていないのだから。

仕事に忙殺されながらも必死に廣を捜す獅堂に、矢代も協力してくれた。廣が姿を消したのは自分のせいだと彼も長いこと憔悴していた。怜悧な面差しの矢代は一見取っつきにくい男に見えるが、秘書として身を粉にして働き、ときには厳しいアドバイスを、ときには適切な助言をもたらし、くじけそうになる獅堂を根気強く支えてくれた。

「ですが、相手のご令嬢もじつは長年お付き合いされている方がべつにいて、専務とのお見合いは形式上のことだったと話されていたではないですか。事実、彼女はその後、周囲を説き伏せてご結婚されましたよね。専務もどうか諦めないでください。青埜さんはあなたにとって、ただひとりの運命の番でしょう」

「そうだな……あんなにこころを揺り動かされた相手にはもう二度と出会えない」

「でしたら、時間がかかってもかならず捜し出しましょう。興信所を使ってでもまだ見つからないということは、もしかしたら国外に出た可能性もあるかもしれませんが、諦めなければもう一度会えます。……私自身、土下座をしてでも青埜さんに詫(わ)びたい。あのとき、青埜さんに指輪を押しつけたうえに、言葉足らずな説明であのひとを追い詰めました」

「矢代、きみが悔やむことじゃない」

「それでも、もしあのとき……」

歯がゆそうに矢代が口をつぐむ。

もしも、という言葉をこの三年すり切れるほど繰り返してきた。

実際に起きなかった出来事にすがったところでなにも生まれないことを、三年かけて獅堂は学んだ。

「廣はどんな想いで私の前から消えたんだろうな」

「考えすぎかもしれませんが、青埜さんはオフィスにいらっしゃる前からご体調が悪かった気がします。青ざめたお顔をしていました」

オメガである廣は、アルファの自分よりも繊細な身体だ。三か月ごとに訪れる発情期はメンタルにもフィジカルにも大きな影響を与えるだろう。そこをもっとわかってやれなかったのかと、ふがいなくなる。仮にも年上の男なのに、いとおしさのあまりに廣の重荷になっていたのではないか。

深くため息をつき、獅堂は空(から)になったカップをもてあそぶ。

「こうして座っていてもだめだな。迷いばかりが生じる」

「では、プロジェクトの件について打ち合わせを」

冷静な矢代らしい言葉にちいさく頷(うなず)き、意識を切り替えることにした。

「昨日、イード&デリアル社から価格の再検討をしてほしいとの旨、連絡を受けました。いかがなさいますか」

書類を渡され、ざっと目をとおした。

いま、獅堂はイギリスに本社を構える老舗紅茶メーカーと折衝(せっしょう)にあたっていた。香り高く素晴らしい味わいの茶葉は日本でも人気があったが、十年前、専売ルートを確保していた商社が不況のあおりを受け、契約を終了させていた。

イード&デリアル社との契約を三紅商社が勝ち取れば、上質な紅茶を日本に再上陸させることができる。質のいい茶葉に獅堂も惚(ほ)れ込んでいた。実家でイード&デリアル社の紅茶をよく飲んでいたのだ。もちろん、懐かしさだけに駆られているわけではない。ビジネスの面から考えても、イード&デリアル社と契約できれば、彼らが懇意にしている陶器メーカーとの繋がりも生まれる。こちらはイード&デリアル社と違い、一度も他国と契約をしたことがない。イギリス国内のみで愛されているクラシックで品のいい陶器は、日本で絶大な人気を博するはずだ。その昔、両親がイギリスに旅行した際、母がひと目惚れして買い求めたティーセットは、いまでも獅堂家で大切に使われている。

「価格の再検討か……いまでも充分な価格帯を提示しているんだがな。だが、わかった。考えよう。この商談を乗り越えれば、イード&デリアル社は我が社と取引に応じるはずだ。すこし時間がほしい」

「かしこまりました。先方にそのように伝えます。よいお返事を、とのことでしたので、あともう一歩です」

「ああ、かならず成功させる」

　書類を読み直す獅堂に、矢代がこの後のスケジュールを伝えてきた。

「今夜はどの社とも会食は入っておりません。ここのところ、お忙しかったでしょう。久しぶりにゆっくりなされてはいかがですか」

　指に挟んだ万年筆をくるりくるりと回し、先端が自分のほうへと向いたとき、獅堂は自嘲的な笑みを浮かべた。

「どうしたものかな……。廣に出会う前、ひとりでどう過ごしていたか忘れてしまった。いまの私は思い出にすがって生きている無様な男だ」

「そうかもしれません」

　小憎たらしいことをつらっと言ってのける矢代に、思わず笑ってしまった。

「それでもこの三年、専務は青埜さんを追い、仕事に邁進されてきました。どちらかひとつを捨ててもおかしくないほどの重荷でしょうに、専務はどちらも抱えてきた。私に土下座するチャンスを与えてくださるためにも、もうしばらく耐えてくださいませんか。たとえば今夜、青埜さんが住んでいたアパートを訪ねてみるのはいかがですか」

「あそこにはもう新しい住人が入っているだろう。きみと私で何度も確かめたじゃないか」

言っているそばから、――たった三年で、あの頃の思い出をすべて消し去ることはできないなと想いを馳せる。

付き合っていた間、廣の私的な空間に入れたことが嬉しくてたまらず、毎回なにかしら土産を持って訪問した。そういうところが我ながら抜けている。浮かれすぎていて、自分の部屋にも招くという選択肢が浮かばなかったのだ。だから、廣の部屋だけに思い出が詰まっていた。もしあの頃、自分の部屋に廣を招いていたら、もうすこし、思い出はちらばっていただろうに。

手にしたペンで軽く机を叩く。

廣が住んでいたアパートには最近行ってない。三年の月日の中で、すでに新しい住人が部屋を借りていることはこの目で確かめた。

「青埜さんがあの部屋にいないとしても、専務の思い出まで消えたわけではありません。たまには感傷的になってもよろしいのでは」

「からかっているだろう」

「とんでもない」

冷ややかな顔を崩さない秘書に苦く笑った。

「そうするか。もし……もしもう一度廣に会えたら、今度こそ彼にひざまずいて、結婚を申し込む。彼が結婚してくれるなら、ほかになにもいらない。やり直したい」

悔いが滲む声に、秘書は浅く顎を引いた。

「専務がもう一度青埜さんに会えるよう、私も尽力いたします」

寄り添う言葉が胸に染み入る。「ありがとう」とこころからの礼を述べたあとは、ふたりで仕事の話に戻った。


廣が住んでいたアパートへの道をゆっくり歩く。彼がまだ隣にいてくれたとき、この道をよくふたりで歩いたものだ。駅前のスーパーであれこれと旬の食材を買い込み、他愛ない話をしながら歩く時間がことのほか楽しかったのだといまさら思う。普段、車での移動が多い獅堂は、廣と連れだって歩くときだけ、本来の自分——こうして生きたかったのだという自分を再確認することができた。

幼い頃から徹底した英才教育を受け、裕福な暮らしを享受してきた。その点だけを考えれば、不満を持つなんてわがままがすぎると自分でもわかっている。

三年前、廣に話したことがある。ごくごく当たり前のお弁当が食べたかったのだと。三十八になったいま思い出すと、頰がじわりと熱くなるような気恥ずかしさに襲われるが、それでもあれは偽りなく、ほんとうの気持ちだった。

廣だけにわかってもらえればよかった。出会ったときからやさしい指先で慰撫してくれた彼だけに。

付き合っていた最中、廣が作ってくれる料理に舌鼓を打ち、彼に教わって獅堂もキッチンに立った。

実家にいるときはお抱えのシェフが腕を振るい、さまざまな美味を味わわせてくれた。しかし、獅堂にとってこころから美味しいと味わったのは、廣の手料理だ。彼が作る料理は肉じゃがやクリームシチュー、炊き込みごはんにカレーといった素朴で温かなメニューだ。獅堂家のシェフが提供してくれる高級料理店にも負けず劣らずのフルコースとはまるで違う。

ちいさなテーブルに着き、ほかほかと湯気を立てるできたての料理には廣らしい、そして自分らしい感情がこもっていた。

生まれも育ちも異なる自分が城のような自宅を一歩出て、東京下町にあるアパートで慎ましく暮らす廣の隣にいるときだけ深呼吸できたと誰かに打ち明けたら、『なんて傲慢な』と非難されることもあるだろう。細々とした生活がめずらしくて、いっとき楽しんでいるだけではないかと。

面と向かってそう言われたら、すぐさま言い返す自信はある。

確かに、廣と自分とではなにもかも違う。

生まれたときから恵まれた生活が当たり前だったとしても、自分自身の意思を貫くことは難しかった。両親が言うままに多くの家庭教師から教えを受ける間も、細部までこった料理を味わう間も、どこかうつろだった。

獅堂が通っていた私立校はハイクラスの子息子女ばかりだったものの、温かい愛情にくるまれて育ってきた子どももすくなくなかった。

そういった子どもはおしなべてのびのびとし、屈託のない笑顔を見せていた。対して、自分のようにいずれは大企業の跡を継ぐと決まっていた子どもは、隙のない振る舞いを見せながらも、終始硬い表情をしていた。放課後に同級生と遊ぶこともできず、まっすぐ家に帰って家庭教師と過ごす子どもは、頭はいいが、こころのどこかが欠ける。

ひと言で言えば、ゆとりがないのだ。一日、一か月、一年の大半を両親が決めたスケジュールに沿って生活し、知識を詰め込み、あちこちのパーティに同伴されてマナーを叩き込まれ、紳士であれ、という教育を受けてきた獅堂にやすらぎはなかった。

それが当たり前だと開き直れれば、またべつの生き方ができただろう。しかし、獅堂は家族愛に恵まれた同級生とお弁当のおかずを交換するたび、――どうしてうちはこうじゃないんだろうとせつなかった。学校行事に両親は一度も来なかった。お弁当もシェフが作る豪勢な三段重ねだった。

なんの苦労もなく育つことができたのに、まだなにかをほしがるのかと自嘲したことは何度もある。

将来のパートナーですら、家の名を汚さない相手をあてがわれるのかと思ったら、やるせなかった。なにひとつ、己の意思では決められない自分が情けなくて、恥ずかしかった。

そんなとき、廣に出会ったのだ。たったひとりのティアムに。

両親の意のままに生きていくことをなかば諦め気味に受け入れようとしていたときに、廣と出会い、こころを揺さぶられ、自分の中にこんなにも熱く、もろい想いがあるのだと驚かされた。

廣は、獅堂の生まれも肩書きも剝ぎ取ったうえで、ひとりの人間として、ひとりの男として生きていくことに目覚めさせてくれた運命だ。抗えない力によって引き合う番だと認識するよりも先に、廣の温かさに惹かれ、自分も自然でありたいと思わせてくれた、たったひとりのひとだ。

夜の歩道に立ち、アパートを見上げた。どの窓も灯りが点いている。しかし、獅堂が追い求めた廣はもういない。

彼が住んでいた部屋を目で追い、ため息をついた。獅堂とはまったく無関係の住人が入っているとわかっているのに、未練がましくここにいる。

十二月の寒い夜だ。カシミアのコートを羽織り、手袋をはめていても、じっとしていると底冷えしてくる。あと三分、あと一分、ただ見ているだけでも構わないから、あの部屋で育んだいとおしい時間をなぞりたい。

ふいに、思い出が詰まる部屋の窓がからりと開いた。

赤の他人が顔を出すのだろうとたたずんでいたが、この三年、夢にも見た顔をそこに見つけた瞬間、目を疑った。

なにか考えるより先に身体が動き、次にはもう、目当ての部屋のチャイムを鳴らしていた。

「はい」

二度のチャイムで姿を現した住人——目を瞠る青埜廣を力一杯抱き締めた。

「……獅堂、さん……！」

その声、華奢な身体は三年前となにも変わっていない。

「会いたかった……ずっと捜していたんだ……きみにずっと会いたくて会いたくてたまらなかった」

「どうしてここに」

顔をこわばらせた廣が胸を押しやってくる。

「中に入れてくれないか。すこし話がしたい」

「だめです。お帰りください。あなたと話すことはなにもありません」

「私にはある。頼む。三年前、なぜきみが突然消えてしまったのか、理由を教えてくれないか」

胸の中でもがく廣がつと身体を離し、顔をゆがませる。

「話すことなんかほんとうにないんです。僕のことはもう忘れてください」

「なら、三年経ってもこの部屋にいる理由だけでも聞かせてくれ。何度かここには訪れていたが、とっくに新しい住人が入っていたはずだ。きみの顔を見たのは三年ぶりだ。近くに住んでいたのか？　それとも」

次々に浮かぶ疑問で廣を潰しそうだと気づき、くちびるを引き結んだ。

「すまない。どうにも冷静になれないな」

まさか、今夜再会できるとは思っていなかった。なんの準備もできていないところへ動揺と嬉しさが降りかかり、獅堂を振り回す。みっともない自分を晒したくないのになにを言っても未練たっぷりになりそうだ。

廣はじっとしている。口を固く閉ざしている。

三年ぶりの再会を彼はちっとも喜べないのだろうか。そんなにも自分を疎んじていたのか。考えれば考えるほど胸が締めつけられる。

獅堂としても、ここであっさり引き下がるわけにはいかなかった。夢にも見るほどに想い続けてきたのだ。なぜ姿を消したのか、せめてそれだけでも知りたい。

「あなたとはもう会いません」

「今夜は帰る。明日また来るよ」

「会わないって言ってるのに！　扉を叩かれても出ませんから」

苛立ちを隠さない廣の声の底に惑いのようなものを聞き取り、獅堂もあえて強く出た。

「なら、扉を壊すまでだ。——いやな男だと思うだろう。ずっときみだけを追い続けてきたんだ。話だけでもしたい。とにかく、今日はいったん帰るよ。押しかけてすまなかった。

……また明日」

きびすを返し、黙りこくる廣を背中に置いてその場を立ち去った。

せっかく見つけたのに、さっさと帰ってもいいのかどうか迷いは当然あったが、無理強いしてもよくない。廣はまた姿を消すかもしれないが、それはそのとき考えるしかない。思い詰めるほどの理由があって、廣は三年前、忽然と姿を消した。その理由はいまでも解決していないのだろう。彼の沈鬱（ちんうつ）な表情を見ただけでわかる。

聞きたいことは山ほどあったが、いたずらに廣を傷つけるつもりはなかった。

息を大きく吐き出し、獅堂は大通りに向かって歩き出した。

2

「何度言えばわかってもらえるんですか。もう会わないって言ったのに」

「なぜ、会いたくないんだ？　そのわけを聞かせてくれ」

「それは……」

あの日、一瞬でも決断を迷った獅堂が悪いのだとなじってくれたら。

視線を泳がせる廣のアパートに通い詰め、三日が過ぎていた。

再会した直後、すぐに廣はどこかへ逃げてしまうかもしれないと思い悩んだが、一日中監視をつけるわけにもいかない。いや、そうしてもよかったのだが、さすがに気がとがめた。もし自分が誰かから逃げたとして、始終見張られていることを知ったら人間不信に陥る。

三日間、極上のワインや美味しいケーキを土産に持ってきた。

なにを贈ってもかたくなだった廣の顔が一瞬ほころんだのは、今夜渡した薔薇の花束を見たときだ。薄ピンクの花弁がなんとも愛らしい薔薇は、どことなく廣を思わせる。やさしく品があり、気高くもある。真っ赤な薔薇だけだったら高慢な印象が強かったかもしれないが、ほのかに輝くピンクの薔薇がかもすやさしさを、廣も気に入ったようだ。

「これ……綺麗ですね」

「ああ。行きつけのフラワーショップで最近取り扱うようになった新種だそうだ。きみに似合うと思って」

「薔薇の花言葉って知ってます？」

「愛している、だったか」

「ええ」

うっすらと頬を染めた廣が花束に顔を埋める。

「ピンクの薔薇には、『我がこころ、きみのみぞ知る』という花言葉もあるんです。僕のこころは、あなただけが知っているんでしょうか」

「だといいんだが。私のこころはきみだけが知っているよ」

高貴な香りを楽しんでいた廣はしばし口をつぐんでいた。

「……ぜんぜん、諦めてくれないんですね」

「私の想いは三年前とまったく変わっていない」

ひくりと廣の頬が引きつる。

「――僕のこと、まだ……好き……なんですか？」

「愛してる。誰よりもきみを愛してる」

嚙み締めながら呟く。

「廣以上に愛せるひとにはもう二度と出会えない」

「獅堂さん……」

「きみに出会ってすべてが変わった。こんなにも誰かを愛せるとは思っていなかったよ。自分の中にあるもろさを知ってたまらなく恥ずかしくなったこともあった。それでも、きみを愛する資格がほしいんだ」

「……愛する、資格」

おうむ返しに廣が呟いた。自分に言い聞かせるような声音だ。

「そうだ。それが一グラムも与えられないなら、正直に言ってくれ。潔くきみの前から消えるよ」

苦渋の決断ではあるが、毛嫌いされたら身を引くしかない。いまだって充分にしつこくしている自覚はある。この先を踏み越えてしまったら、警察に訴えられてもおかしくない。事件になることが怖いのではなくて、そこまで廣に嫌悪されるのが怖かった。すでに彼を失いかけている状態なのに、心底いやがられたらさしもの獅堂も堪える。

しかし、廣はアパートから逃げ出すことはなかった。毎晩仕事を終えると一目散で駆けつける獅堂を胡乱そうに迎え、玄関先で短い言葉を交わした。

じっとしているのがつらいほどの寒さにもずいぶん慣れたと思ったのだが、凍えるような風が一陣吹きつけてきて、思わずくしゃみをしてしまった。

二度続けてのくしゃみに「す、すまない」とじんじんする鼻を押さえると、廣が仕方なさそうに苦笑いし、「……上がってきます？」と言う。

思わぬ誘いが一瞬信じられず、「いいのか?」と訊いてしまった。ついさっきまではぶっきらぼうだったのに。可憐(かれん)な薔薇がすこしは廣のこころをほぐしてくれたのか。

「お茶、出しますから」

「無理してないか?」

「ここで追い返しても、獅堂さん、明日も来るでしょう」

「ばれてるな」

恥じ入りながら頭をかき、いざなってくれる廣に一礼して室内に足を踏み入れた。

「廣の香りがする」

懐かしい匂いを吸い込み、目を閉じた。

清潔な石けんの香りに、美味しそうな料理の香りが絶妙に混ざっている。自宅ではけっして味わえない、本物の暮らしの匂いだ。

そう告げると、廣は恥ずかしそうに頰を染め、ふいっと背中を向けてしまった。

「廣?」

「……三年も離れてたのに、ずっと……」

語尾をぼやかした廣はキッチンに立つ。

「あなたはテーブルに着いていてください。いま、お茶をお出しします」

「私にも手伝えることがあるか」

「なにも。お茶を出すだけですから」

素っ気ない言葉だが、部屋に入れてもらえただけでも大きな進歩だ。

室内は、別れたときとなにも変わっていない。ただ、カーテンだけが新しくなっていた。いい色合いのテーブルも椅子も、馴染み深い。

おとなしく待っていると、目の前にことりとマグカップが置かれた。獅堂は向かいに腰を下ろす廣をまじまじと見つめた。

「すこし痩せたか？」

頷く廣は自分のマグカップを両手で包み、ふうふうと息を吹きかける。

「獅堂さんも、冷めないうちにどうぞ」

「あ、……ああ」

頷いたものの、廣から目が離せなかった。

諦めないと誓っていたが、折れそうになる一歩前で再び出会えた奇跡がまだうまく飲み込めず、無遠慮なまでに見つめてしまう。それこそ、穴が空くほどに。

強い視線にもじもじしていた廣が顔を上げた。

「元気そうで、よかった」

「きみも。――いままでどこにいたんだ？　ここに隠れ住んでいたのか」

「いえ、べつのところに。ここは……いろいろあるから」

「いろいろ？」

「好きな服とか本とか、食器とか」

思い出だろうか、とためらいながら付け足そうとした獅堂に、廣が先回りする。そう簡単にこころを開いてくれないか、とみぞおちに力を込めた。

「きみが突然いなくなったのは……私の見合いのせいだな」

廣はテーブルの一点を見つめている。

「ずっと謝りたかった。この三年、きみに謝罪することを念頭に置いてきた。――ほんとうにあのときはすまなかった。どんなに焦っていても、前もって廣に連絡すべきだった。相談するべきだったな」

迷うようなそぶりを見せ、やがて廣はひとつ頷く。

「びっくりしました……お見合いするなんて聞いてなかったし。もちろん、行かないで、なんて僕が言える立場じゃありません」

「でも、ひと言伝えるべきだったんだ、私は。いまさら互いの立場が違うという理由で、きみは消えたのか？　知らないうちに廣に肩身の狭い思いをさせていたら申し訳なかった。……謝る。すまない」

深々と頭を下げると、すこし慌てた気配が伝わってくる。

「やめてください。あなたが頭を下げるなんて、だめです」

「どうして。きみにいやな思いをさせた」

「それは――そう、かもしれない……けど……僕だって、その、いろいろとあって……」

「いろいろというのは？」

また機嫌を損ねるかもしれないから、慎重に訊ねた。

「だから、いろいろです」

「教えてもらえないだろうか」

気まずそうな廣が眉をひそめる。

「教えたくありません」

「なぜだ。私には言えないことか?」

「……そうですよ、そうです! あなたにだけは言いたくありません」

語気を強める廣に驚いたものの、年上の自分が声を荒らげるわけにもいかない。

「もう帰ってください。暖まったでしょう」

「しかし」

まだいたかった。まだ話したいことがある。

ここで、何度一緒に食事したことだろう。何度一緒に肩を寄せ合って映画を観たことだろう。廣は映画好きで、いつもあれこれとおすすめを紹介してくれた。そのどれもを獅堂も好きになったし、ひとりになったとき繰り返し観たものだ。おもしろい、ぞくぞくするというポイントを互いに言い合うのも楽しかった。誰かと映画を観に行くなんて、したことがなかった。鑑賞後にあれこれ話し合って感動を分かち合う楽しさを教えてくれたのは、廣だ。

「……きみとはさまざまなものを分け合ってきた。たぶん、いまもそうだ。廣はなにかに傷つき、怒っている。私も怒っているよ」

びくりと肩を震わせる廣が、おそるおそる視線を絡めてきた。

「ふがいない自分に怒っている。三年前、きみを失ってしまった自分に。いま、やっと会えた廣の本音を聞き出すことができない自分を情けなく思う」

「それは……その」

言葉を探している廣の顔を見つめていたが、先に彼のほうが瞼(まぶた)を伏せ、「帰って」と硬い声を絞り出す。

「お話しすることはなにもありません」

「ひとつだけ教えてくれ。ここに戻ってきた理由は？　確かに三年経った。だが、あれほど廣に夢中になっていた私が、ここを思い出さないという根拠はないだろう。私に見つかる可能性が充分あったうえで、きみはここに戻ってきたんじゃないのか？」

「——違う……違います！　そんなのじゃない、ここにはただ捨てられない物がたくさんあっただけです」

「だったら、荷物をトランクルームに預けてもよかったんじゃないのか。三年もの間、ただ家賃を払い続けて、きみ自身はべつの場所に身をひそめていた——なぜだ？　それだけのことをする理由はなんだ？」

「……いいじゃないですか、もう！　僕だって言いたくないことがあるんです。帰って。帰ってください！」

まなじりを吊り上げた廣は、どうかすると泣き出しそうだった。

つらそうな表情に胸が苦しい。追い詰めるつもりはないのに。

「わかった。帰る。ほんとうにすまない。——だが、やっと会えたんだ。頼むから、もう逃げないでくれ。どうしても私がきらいで、二度と会いたくない、顔も見たくないというなら、いまここで言ってくれ」

悔しそうにくちびるを噛む廣の肩を摑み、顔をのぞき込んだ。

「廣、頼む。きみがいやがることはしないと私は誓った。心底きらいなら、……つらいが、きみの前には二度と現れないから」

さらに廣がうつむき、落ちた前髪でどんな顔をしているかわからなくなった。

「……帰ってください」

それだけ呟く廣に肩を落とし、獅堂は玄関に向かう。

扉を開ける前、一度だけ振り返った。

「また明日来る。私をきらいなら、もう、この部屋の扉は開けなくていい。——おやすみ」

ほっそりした背中を向けた廣はなにも言わなかった。

十二月の大半は廣のアパートに通い詰めた。この時期は接待やパーティも多く、そのほとんどが三紅商社の次期社長として出席しなければならないものだった。早い時間帯では昼間から開かれるパーティに顔を出し、取引先と一年を締めくくる挨拶(あいさつ)をしたあとはオフィスに駆け足で戻り、矢代が差し出してくる書類に次々目をとおし、サインした。

やすむ暇もなく夕方からはべつの取引先との会食をこなした。ビールやワインを多少たしなみ、二十一時頃に切り上げられれば御(おん)の字だ。ときには、日をまたぐこともある。そんなときはさすがに廣のアパートを訪ねても扉をノックすることはしなかった。ただ、道路の端にたたずみ、彼のいる部屋をぼんやり見つめた。

あとから考えると、よくも警察に通報されなかったものだとひやひやする。

しつこい男だと自覚していたが、三年ぶりに摑んだ光を今度こそ逃したくない一心から、獅堂はまめに部屋に通った。

運がいい日は、廣が部屋に上げてくれる。消えたわけをまだ言いたくないのか、『お茶を飲んだら帰ってくださいね』とにべもなく言われ、頷くほかなかった。通報されることなく、ときどき部屋でお茶を飲ませてくれるだけでも、いまの自分は嬉しい。

本音を言えば、一緒に食事したり、映画を観たりと他愛ない話をして時間を過ごしたいが、そこまで望んだら罰が当たる。

クリスマスイブも近い夜、いつものように廣の部屋を訪ねた。静かに二度、扉をノックすると、ややあってから廣が顔を見せた。

「遅くにすまない。クリスマスケーキを持ってきたんだ。一緒に食べないか?」

「……クリスマスには早すぎません?」

怪訝そうな表情にもすっかり馴染んだ。声を軋ませないなら、まだ話していてもいいというサインだと、最近の獅堂は学んだ。最初の頃はすげなく追い返されるばかりだったが、毎日のように通う獅堂にだんだん根負けしてきたのかもしれない。立ち話する時間はすこしずつ長くなり、室内に入れてもらえる幸運な夜もあった。

「今年はイブもクリスマス当日も会食が入ってしまったんだ。よければ、今夜きみとケーキを食べられたらと思って。この店、美味しいぞ。最近できたパティスリーなんだが、大人気でクリスマスケーキの予約は戦争なんだ。廣はチーズケーキが好きだっただろう。このチーズケーキを食べたら、もうほかの店のケーキは食べられない」

たかだかケーキで釣れるとは思っていない。しかし、ふたりでよく会っていた頃、チーズケーキを美味しそうに頬張っていた廣がいまも忘れられなかった。

「そんなに美味しいんですか?」

「ああ、極上だ」

「じゃあ……あの、どうぞ。と言っても、べつにケーキに釣られたわけじゃありません。今夜は格別寒いから、風邪を引かれても困りますし」

もごもごと弁解する廣がいとおしい。

その言葉尻を捉えるなら、彼は獅堂を毛ぎらいしているわけではなさそうだ。

もう顔も見たくない。そうなじられてもおかしくなかったことを思うと、廣の寛大さには感謝しかない。

「ありがとう。しょっちゅう押しかけられてきみも困ってるだろう」

「わかってるんですか」

キッチンに立つ廣がむっと頬をふくらませながらケトルで湯を沸かし、お茶を淹れてくれた。しかし、ケーキの箱を開けてみせると、硬かった表情がゆるんだ。

「……ほんとだ、美味しそう」

「だな」

こってりとしたチーズケーキを二切れ皿に盛り、互いの前に置いた。

「早速いただきます。……ん、美味しい」

「喜んでもらえてよかったよ」

ほっとした獅堂もケーキを口に運び、濃厚なチーズと爽やかなレモン風味を楽しんだ。

「チェリータルトも買ってきたから、あとで食べてくれ」

「……ありがとう、ございます」

ぼそりと呟く廣が視線をさまよわせる。再会直後よりも、だいぶくだけた様子だ。

聞くならいましかない。

「――廣、三年もの間、どこに身をひそめてたんだ？　いろいろと手を尽くしたが、まったくわからなかった」

「いつ見つかるか、はらはらしてました」

口ごもりながら、廣はちらりと視線を合わせてくる。獅堂の機嫌を窺っているようだ。だから頷き、先をうながした。

「ここまで来たら、種明かしするしかないですね。……あなたには負けました。もっと早くに諦めるかと思っていたのに」

「私がどれだけ執念深いか、わかってもらえたか」

「それはもう」

細いフォークで突き刺した黄色い欠片を口の中に押し込み、廣はひとつ息を吐く。

次の言葉が聞けるまでしばし時間があった。

急がない。追い詰めない。焦れない。

この三年で身に着けたことを胸の裡で繰り返す。

あのときもっとああできたら、こうしていたらという生産性のない問いかけをするのはもういやだ。隣に廣がいてくれるうえで悩むのならまだいいが、こらえ性のない自分のせいでまた彼が姿を消したら、打ちのめされる。

目を合わせたら催促してしまうだろうから、手元に視線を落とした。皿に残ったケーキの欠片をフォークでつついていると、「菜央さんって、覚えてますか」とか細い声が聞こえてきた。

「覚えてる。廣によくしてくれたひとだったな」

「彼女の家に……かくまってもらってたんです」

「この三年？　ずっとか？」

「はい。菜央さんに協力してもらって、彼女のパートナーの実家に身を寄せてました。菜央さんの恋人、大きな病院の跡取りなんです。僕は院内の一室で暮らしていました。外出することはほとんどなかったし、菜央さんと恋人が手厚く、強固に僕を隠してくれたことで、いままであなたに見つかることはなかったんです」

「そうだったのか……」

呆然と呟き、獅堂はまばたきを繰り返す。この瞬間もまだ夢を見ているようだ。

三年の月日はふたりを手遅れになるくらい引き裂いたのか。間に挟まるテーブルがもどかしいけれど、頭を冷やすべきだ。

「あなたも気づいてると思いますけど、ここ、契約をそのままにしてあるんです。大家さんに理由を話して、家賃だけ振り込んでいました。ときどき空気を入れ換えるために、菜央さんの恋人に来てもらっていたんです」

「過去何度か私が来ていたときに見かけたのは、新しい住人ではなく、菜央さんの恋人だったのか」

廣がうつむく。

「あなただったら興信所を使ってくるだろうなと菜央さんとも話し合っていたので。菜央さんの恋人にはできるだけこの部屋の新しい住人に見えるよう、偽装してもらいました」

「そうか……だからカーテンだけ替えたのか」

興信所から上がってくる報告書でも、ここには新しい男性が入居したようだと書いてあったし、実際獅堂が様子を見に来た際、窓辺にかかるカーテンが違う色柄に替わっていたことで、廣はもういないのだと思い込んでいた。

「驚いた……まったくわからなかったよ」

「気をつけてましたから」

ちいさく笑う廣が、「でも見つかっちゃいましたね」と呟く。

「僕の計画では、いま頃もうとっくにあなたは僕を忘れて、どこかの誰かとしあわせな家庭を築いていたはずなんです。可愛い誰かと、可愛い子どもを育てて、僕のことなんか欠片も思い出さない。そうなってほしかったし、そうなるべきだった……なのに、いま、獅堂さんはここにいる」

「やはり迷惑か」

「そう、じゃないから……困るんです。勝手に消えた僕をもっとなじってもいいのに。不誠実で、恩知らずだって怒ってもいいのに」

「そんなことできるわけないだろう。その言葉はそっくりそのまま私に突き返してくれ。私こそきみには何度謝っても謝り足りない。ほんとうにすまなかった」

もう一度頭を下げる獅堂に、「謝るのは僕です」と低い声が聞こえてくる。

「——なにも言わずに姿を消して、すみません」

ぽつりとした声があまりにも寂しい。無意識に手を伸ばし、マグカップを包む廣の手を摑んだ。彼の左の薬指には、獅堂が贈ったプラチナの指輪がはまっていた。

「ずっとはめていてくれたんだな」

「あ、え、これは、ちが、違う、違います」

やけに慌てた様子が可笑しくて、つい笑ってしまった。

「捨てなかったのか？」

「……何度も捨てようかと思ったけど、できませんでした。あなたが僕のために選んでくれたリングだし」

「ああ、きみに似合う指輪はどれだろうってあちこち探したよ。気に入ってもらえたか？」

廣は首を縦に振る。

離れていた間にほっそりした廣が、くるくると指輪を回す。その手をそっと摑み、指輪を抜き取る。目を丸くしている彼と正面からしっかり視線を絡めた。

「もし、もう一度チャンスを与えてくれるなら、ここでプロポーズをやり直させてくれ」

「プロポーズですか」

「三年前、きちんと事情を話すことができずに指輪だけきみの手に渡ったことをずっと悔やんでいた。ほんとうは、私の口から結婚の申し込みとともに、指輪を贈る予定だったんだ。それをいま、ここでやり直してもいいか？」

真剣な声に、すこしためらっていた廣は、やがて顔を引き締めてこくんと頷く。

彼の両手を温かく包み込み、その瞳をまっすぐのぞき込んだ。

いま、彼にとって唯一のティアムになれることを願って。

「青埜廣くん、出会ったときからきみにずっと強く惹かれてきた。ほかの誰よりも誠実で、可愛くて、ひたむきな廣が好きだ。こころから愛している。こんなにもこころを奪われたのは、廣だけだ。どうか、私と生涯を歩んでくれないか。今度こそ離さない。かならずしあわせにする」

「獅堂さん……」

かすかに潤んだ目で、廣はくちびるを尖らせようとしていた。まだ、素っ気ない態度を取りたいらしい。だけど、ゆっくりゆっくりと獅堂が斧を入れ、廣を覆っていた冷ややかで怒りを滲ませた仮面にひびが入り、素顔があらわになっていく。

繊細で、やさしく、ひとりで生き抜いてきた廣がそこにいた。

「……もう……」

目尻を指先で拭う廣はそっぽを向いている。

「私に呆れただろう。不実で、廣を振り回した。謝ったところで許してもらえるとは思っていない。だが、こころから謝罪したい。私の勝手な振る舞いで、廣を不快にさせた」

「不快だなんて、一度も思ってない」

掠れた声だが、きっぱりと言い切る廣と視線が絡み合う。

「あなたをそんなふうに思ったことは一度もありません。獅堂さんほどの方なら、お見合いが持ち込まれるのは当然です」

廣がふと口を閉じたことで、か細い声がベッドルームのほうから聞こえてきた。あーん、という庇護欲をかき立てる泣き声にすかさず立ち上がった。猫でも飼い始めたのだろうか。

「あ……！」

出遅れた廣が慌ててあとを追ってくる。

ベッドルームの扉を開くと、室内はうっすらと明るい。シングルベッドの真ん中にいたのは、猫ではない。ぺたんと尻をつけた幼児だ。

息を呑み振り返ると、廣は顔をこわばらせている。

ふたりの大人が突然姿を現したことで、幼児はつかの間びっくりした様子だったが、再びちいさな手で顔を覆い、泣き出す。ひっく、ひっくとしゃくり上げる声にどうしようもなく胸をかきむしられ、慎重に手を伸ばして抱き上げた。

「泣かないでくれ。よしよし。怖い夢でも見たか？」

「ん……」

幼児は怖々と獅堂、そして廣の顔を見比べている。

「廣、この子は？」

「僕の子です」

「私との子どもだろうか」

うつむく廣は無言で、両手で自分の身体を抱き締めている。

腕の中から見上げてくるのは、ほわほわした黒い髪、綺麗な鼻筋、つぶらな瞳、そして可愛らしい赤いくちびる。廣のいいところがすべて似た男の子だ。

無垢な瞳に見入り、そっとちいさな頭を撫でた。

「私との間にできた子だな」

念を押すと、とまどう廣が視線を絡めてくる。

獅堂が幼子のまるまるとした手をちょんとつつくと、やわらかに握り返された。その温かさがもたらす直感に従い、幼児をそっと抱き締めた。

「廣が産んでくれた子なら私にも愛させてくれ」

「僕が、勝手に産んだ子なのに……？　いままでずっと黙っていたのに、それでも愛してくれるんですか……？」

怯えの混じる声に、はっきりと頷いた。

「そうだ。きみと、きみが産んだこの子を愛したい」

この子は、自分と廣の子だ。幼子のひたむきな瞳に確信した。

「きみさえよかったら、一緒に暮らさないか」

気づけばそんなことを口走っていた。案の定、廣は驚いている。

「できるわけないじゃないですか、そんなの」

「こんなにちいさな子どもを抱えてひとりで暮らすのはいろいろと難しいだろう」

「ずっと……バイトしてしのいできましたし……」

「この先もか」

問いかけに、廣は眉を寄せる。言いたくないことがありそうだが、ここはひと押ししたほうがいい。

「廣？」

「……そうです。この子は、獅堂さんと僕の子です」

深く息を吐き出し、そっと呟く廣が幼子の頬に手を伸ばす。くすぐったそうな声を上げる子どもは、無邪気に獅堂の胸に顔を埋めてきた。

じんわりとした喜びがこみ上げてきて、胸が締めつけられる。こんなしあわせ、いままでに味わったことがない。

「やっぱり、この子もあなたがパパだってわかるんですね」

「ほんとうに私はこの子の父親なんだな。この子の名前は？」

「佑（たすく）です。ひとを助けることができるようになってほしくて、そう名付けました」

「いい名前だ。佑、はじめまして。……パパだ」

笑いかけると、佑は大きく目を開いて嬉しそうに口元をほころばせた。

「菜央さんの恋人の病院、大規模な改装に入ったんです。僕が住まわせてもらっていた部屋もいったん取り壊すから、その間だけ、ここで暮らそうって思ってたんです。それに、菜央さんも第一子がお腹にいて。身重の状態で僕をかくまい続けるのは負担だろうし……

まさか、あなたに見つかるとは想像もしていなかったから、この部屋に戻っても問題ないと思ってたんです」

「なら、いまのきみはこの子とふたりきりなんだな」

「でも、助けを求めれば菜央さんたちが」

「彼女はいま大切な時期だろう」

言い聞かせると、廣は肩を落とす。

「まだ幼い子を抱えてのひとり暮らしは大変だ。佑が突然熱を出すかもしれないし、きみが体調を崩すかもしれない。そんなとき、誰を頼る？」

即座に思い浮かばないらしい廣を問い詰めるのは酷だが、事実を知ってほしかった。

「私は、きみたちの生活を引っかき回そうとしているわけじゃない。ただ、支えたいんだ。いままでずっと頑張ってきたきみを支えたい。廣とこの子が安心して暮らせる場所を提供したい。過ぎた願いだろうか」

もどかしそうな顔で廣は口を開いたり閉じたりしていた。

なみなみならぬ決意があって、三年間姿を消していたのだろう。それを責めるつもりはみじんもない。むしろ、そういうふうに追い込んでしまった自分がふがいない。

「助けたいんだ、廣。私にできることはなんでもしたい。きみと、佑のために」

うろうろと視線をさまよわせていた廣が、観念したようにため息をつく。

「この子のため、か。……あなたの言うとおりですね。結局は僕、独りよがりだったのかもしれません。獅堂さんの前から姿を消したときも、自分ひとりで結論を急がずに、勇気を出して話し合えばよかった。菜央さんたちにだって、いつまでも甘えるわけにはいかないってわかっていたのに」

「だったら、私を頼ってくれないか。この先ずっと、きみたちを守りたい。今度こそ、私がきみたちを守る番だ」

こころを込めた言葉に、廣がふっとすがるような表情を見せる。

「そんなこと言っていいんですか？　僕たち、あなたの荷物になっちゃいますよ」

「荷物だなんて思わないよ。むしろ、喜んでサポートしたい。私は二度と下手な言い訳はしないし、きみに隠しごともしないと約束するよ。だから信じてほしい」

「ほんとうに、ほんとうに重荷にならない？」

「ならない。きみがそばにいてくれることが私の唯一のしあわせだ」

うっすらと涙ぐむ廣の目元を指でなぞり、微笑みかけた。

「一緒に住もう」

黙って聞いていた廣が、ちいさな声で呟いた。

「……もう、逃げません。あなたとこの子に嘘をつくようなことは……もう、しません」

「わかってる」

さらさらした髪に、そっとくちづけた。

3

「よし、こんなものだな。廣、見てくれ。佑ときみと私の寝室を作ってみたんだが。これでいいだろうか」

額に薄く滲む汗を手の甲で拭いながら振り向くと、我が子を抱いたスウェット姿の廣が部屋をのぞき込んでくる。

「いいですね。床一杯にお布団敷いてくれたんだ。これなら佑もぐっすり眠れそうです」

「ああ、きみもな」

彼の頰に甘くくちづけると、わかりやすいくらいぱっと顔が赤くなった。

「だめです。佑がいるんだし」

「じゃあ、佑にも」

ふわふわしたほっぺに軽くキスすれば、佑はくすぐったそうな声で笑い、手足をぱたぱたさせる。

再会してから約二か月、やっと戻ってきてくれた廣とまだ幼い佑をどうしても守りたくて、獅堂は独り暮らしのマンションで一緒に住まないかと提案した。

最初のうち廣は困惑していた。あのアパートで佑とふたり、ひっそりと暮らすつもりだったらしい。

彼らから目を離したくなかった獅堂は、同居することで子育てもしたかったし、なにより廣たちにゆっくりとやすめる環境を与えたかった。佑は、今年で二歳になるという。菜央とその恋人の手厚いサポートがあったとはいえ、廣自身の負担は大きかったはずだ。

ひとまずアパートはそのままにし、身の回りの物を持って廣はマンションに越してきた。

まず必要なのは寝る場所だ。廣が佑と一緒に風呂に入っている間に、獅堂は７ＬＤＫある部屋のうち、使っていなかった一室を綺麗に掃除して、前もって買っておいた敷き布団を広げた。

佑はまだ幼い。眠るときもあやす必要があったので、ゆったりとくつろげる布団にしたのだ。十二畳ある部屋は、大人が三人川の字で寝ても余裕がある。自分と廣、そしてちいさな佑で眠るスペースとしては充分だろう。

清潔な香りが廣と佑から漂い、胸が温かくなる。抱き締めて、抱き締めて、「好きだ」と繰り返したい。そう思い浮かべた矢先に、廣の腹がぐうっと鳴った。

「あ」

顔を赤らめる廣に破顔し、「なにか食べよう」と肩を抱いた。

「ここ、ほんとうに広いんですね。お風呂上がったあと、迷っちゃいました」

「今度からきみにパン屑（くず）を渡そうか」

「それをたどって、あなたが迎えに来てくれるんですか？」

「最後には食べてしまうけどな」

「だめじゃないですか、それ」

くすくす笑う廣の顔はリラックスしている。彼を連れて開放的なダイニングルームに案内した。アイランドキッチンが設けられているので、廣たちと喋りながら料理することができる。今日のところは引っ越祝いと称し、獅堂行きつけの寿司店から出前を取った。

「佑には特別なものを用意したぞ」

「どんなの？」

長方形のテーブルの突端でチャイルドチェアにちょこんと座った佑が興味津々な顔を向けてくる。

「なんだと思う？」

「んー……」

首を傾げて目をきらきら輝かせる佑を見ていると、花の蕾がほころぶようなやわらかな感情が胸の中に広がる。

物怖じしないところはひょっとしたら自分に似てくれたかもしれない。

「おしえて」

佑の髪をくしゃりと撫で、顔をのぞき込んだ。

「佑が大好きなチーズグラタンだ。中にお魚と野菜も入ってるぞ」

「ほんと！」

「ほんとうだ。私が作ったんだ」

「ぱぱが?」

不思議そうに目を丸くする佑の頭越しに、廣と目を合わせて微笑んだ。

佑は、獅堂のことを「ぱぱ」と呼ぶ。そういう名前なのだと思い込んでいるらしいところがまだ幼くて、可愛い。

「ぱぱ、つくった? ぐららん」

「グラタン、だよ、佑」

「ぐ、ぐ、ぐ、ら……ぐら……ぐら、らん! ぐららん!」

廣にエプロンを着けてもらった佑の弾ける笑顔に、三人で一緒に笑った。

「佑はお話が上手だな。そのうち、私にも絵本を読んでくれ」

「うん!」

素直な佑と、いとおしそうに目を細める廣を見ているだけでしあわせだ。どんなに大金を積まれようとも、この空間だけは誰にも譲らない。

佑のために仕込んだグラタンにオーブンで焦げ目をつけている間に、出前が届いた。豪華な漆塗りの器に鎮座した宝石のような寿司に、廣が目を瞠る。

「すごい、こんなお寿司見たことない」

チン、と可愛らしい音を立てたオーブンから熱々のグラタンを取り出し、慎重に佑の前に置く。

「やけどしないように、ゆっくり食べるんだぞ」

「ふうふうして」

「はいはい」

子ども用スプーンでグラタンをすくう廣が「ふー、ふー」と冷まし、佑の口に運ぶ。ぱくっと頰張る佑は嬉しそうに、にこにこする。

「おいしい……！　ぐらん、おいしい」

「よかった。たくさん食べなさい。さあ廣、私たちも食べよう。なにから食べたい？」

「じゃあ、コハダ」

「わかった」

皿にコハダを盛りつけ、向かいの廣に手渡す。握り立てを運んでもらったから、ネタもシャリもぴかぴかだ。

「……ん、……美味しい……！」

新鮮な寿司に驚く廣に声を上げて笑い、どんどん食べたいネタを渡した。

「獅堂さんも食べてください。なにがいいですか？」

「ウニを食べようかな」

「はい、どうぞ」

皿を渡し合うのがなんだか面映ゆい。ちいさく笑うと、廣も可笑しそうに首をすくめている。

「なんか、ちょっと恥ずかしいですよね」

「照れくさいな。こういうのが新婚気分というんだろうか」

「そ、……そうなの、かな」

大の大人が照れているのをよそに、佑は子ども用フォークで突き刺した鮭に満足そうだ。

「おいしいねえ」

「そうだね。慶一さんが——パパが佑のために作ってくれたんだよ」

同居するようになってから、廣自身、いつの間にか「慶一さん」と呼ぶようになった。

それがほのかに嬉しい。

黄金色のウニは甘くてとろっとしている。大トロにシマアジ、タイにイクラと食べ進めていくうちに腹が一杯になる。途中で濃い緑茶を淹れ、廣にも渡した。佑にはホットミルクだ。

「ぽんぽん、いっぱい」

ぽこんとしたお腹をさすっている佑は、顔を合わせた日こそ知らない大人の獅堂を警戒していたが、一緒に風呂に入ったり、寝かしつけをしてやったりするうちにだんだんと懐いてくれ、いまでは抱っこをせがんでくるほどだ。背の高い獅堂に抱き上げられ、「高い高い」をしてもらうのが好きなのだ。

「ねえねえ、ぱぱ、たかいたかいして」

「まだお腹がこなれてないだろ」

「だいじょぶ」

くちびるを尖らせる佑に廣が苦笑する。

「もうちょっとだけ待って」

「やだー」

「いま、高い高いをしたら気持ち悪くなるよ」

「なんない。ねー、ぱぱ」

にこっと笑いかけてくる子どもには勝てない。廣も獅堂も食べ終えていたので、佑をチャイルドチェアから抱き上げ、ひとまずソファに座らせた。

「私が後片付けをするから、佑は廣とゆっくりしていなさい」

「あとで、たかいたかい、する？」

「する。約束だ」

「じゃあ、えほん」

廣のアパートから持ってきた荷物の中に、表紙の角がすり切れるほど愛読された絵本が数冊ある。そのうちの一冊を佑に選んでもらい、隣に腰かけた廣がゆっくりと読み始める。

「こぐまの親子は、森の中でなかよく暮らしていました。ある日、こぐまはおかあさんぐまに、森の奥にあるお水をくんできて、と頼まれます。こぐまはおかあさんぐまが大好き。元気に返事して、黄色のバケツを持ったら、さあ、大冒険の始まりです……」

アイランドキッチンで洗い物をしていると、肩を寄せ頭をくっつ合うふたりの後ろ姿が見えた。絵本を読む廣の声はやさしい。三年前もそうだったが、佑を産んでさらに愛情深くなったようだ。

いますぐに廣と佑を抱き締めたいと微笑み、泡立つ桶や箸をゆすぐ。出前だったから洗い物はすくない。キッチンを綺麗にしてからふたりのそばに座り、絵本を読む声に聴き入った。

佑の横顔はなんとも可愛い。すこし癖のある黒髪が額に軽くかかり、長い睫をしばたたかせている。すっとした鼻筋からくちびる、そしてふっくらした顎のラインを見ているといとおしさで胸が一杯になる。まるで天使だ。

ぱちぱちとまばたきをしていた佑が、こくり、と廣に頭をもたせかけた。お腹が満たされて、もう眠いのだろう。壁にかかった時計を見れば二十時を回っている。佑の寝る時間だ。

「佑、寝ようか」

「……たかいたかい……」

完全に寝てしまいそうな声に、廣が「じゃあ、とんとんしてもらう?」と聞く。

「うん……ぱぱ……とんとん」

「わかった。歯を磨いて、お布団に行こう」

ぬいぐるみのようにもたれかかってくる佑を抱き上げて洗面所に向かい、急いで歯磨きを終えたら寝室に直行だ。

布団に寝かせ、その横に身体を横たえた獅堂は佑の背中をやさしく叩く。

「ぱぱ……おはなし……」

「どんなお話がいい？」

「また、ぐららん、つくって……」

「ああ、いくらでも作るよ」

「……たべたい……ぐららん……」

語尾がとろんとし、心地よさそうに寝入る佑を見守っているうちに、いつしか獅堂もうとうとし、まどろみに身を任せた。

腕の中は温かい。いい香りもする。

生まれてこの方、こんなにも無防備になったことはないかもしれない。そもそも、居眠りをしたことがないのだ。それが、廣と佑に出会ってからすべてが変わった。

気づかないうちに熟睡していたらしい。とんとん、と肩を軽く叩かれ、はっと飛び起きた。可笑しそうな廣がのぞき込んでいる。

「す、すまない。佑と一緒に寝てしまった……」

「いえいえ、寝かしつけてくれてありがとうございます。――佑、すっかりあなたに懐いちゃいましたね」

「そうだな」

いまも獅堂の胸元にしっかりしがみついている佑に目を細め、髪を撫でてやった。ちいさな紅葉みたいな手をそうっと剝がし、代わりに大好きなクジラのぬいぐるみを佑に抱かせる廣を見ているうちに目が覚めてきた。

「すこし呑むか」

「そうしましょうか。慶一さん、明日は？　仕事あるんじゃないですか」

「二日ほどオフにしてもらった。きみに再会するまで根を詰めて働いていたからな。矢代もこころよくオーケーしてくれた」

「だったら、夜更かししちゃいましょうか」

いたずらっぽく笑いながら廣と一緒に寝室を出て、念のために扉は細く開いておいた。もし、佑が目を覚まして泣き出したときにすぐ駆けつけられるように。

「矢代からもらった白ワインを冷やしてあるんだ。一緒に呑もう」

「ご相伴にあずかります」

先ほどのように差し向かいで座ろうかと思ったが、ちょっと考えてから廣の隣に並んで腰かけることにした。

冷えたボトルからグラスにワインを注ぎ、「乾杯」と透明な縁を触れ合わせる。

「これ、美味しい。お酒なんていつぶりだろう……」

息を吐く廣の横顔をじっと見つめ、獅堂も酒を呷った。普段は取引先との会食が多く、酒を呑むのも付き合いのうちと考えている。ビジネスを円滑に進めるため、という理由が一番最初に立つ場で振る舞われる酒は、心底楽しく、リラックスして呑むものではない。

「きみのそばでこうして呑めるなんてまだ夢のようだ。うっかりすると呑みすぎそうだな」

「いいですよ。眠り込んだら、毛布をかけてあげます」

「寝室に運んでくれないのか？」

「慶一さんを背負ったら一緒に倒れます」

目配せして、笑い合った。

この三年、捜し続けた顔。その声、その温もり。いくら見ても見飽きることはない。

「そんなに見られたら減ります」

「減らない」

「減ります」

「減らない」

どうでもいいことを言い合っているうちにゆるゆると気分がほぐれ、椅子に深く背を預けて彼の髪をくしゃりとかき混ぜた。

「三年離れていた間、きみはどうしてた？」

「あなたは？」

切り返された獅堂はグラスを揺らし、「寂しかったよ」と正直に打ち明けた。

「子どもの頃から感じていた言いようのないもどかしさは寂しさだったんだと、きみに出会って初めてわかった。私ももろいな。廣と出会う前にどうしていたか、まったく思い出せないんだ」

「僕も」

瞼を伏せた廣のグラスが空になっていることに気づき、お代わりを注いでやった。

「一方的に姿を消したくせに、ずっとあなたのことを……思ってました。なんでもっとちゃんと話し合わなかったんだろうって」

ワインをふた口呑んだ廣が振り向き、震えるくちびるを開く。

「あの子を産んでよかった。あなたの子を産めてほんとうによかった」

「……ありがとう」

真の感謝を込めた声は、確かに彼に届いたようだ。廣の手をきゅっと掴むと、おずおずと獅堂の肩に頭をもたせかけてくる。

「僕の話、聞いてもらえますか」

「どんなことでも」

「あのね。佑がお腹にいるってわかったとき……一にも二にも、慶一さんには絶対迷惑をかけちゃいけない、そう思ったんです。住む世界が違いすぎるし、慶一さんにはもっとふさわしいひとがいるからって」

「きみしかいないのに」

艶(つや)のある髪をゆっくりと撫で、肩を抱き寄せた。廣はおとなしくもたれてくる。

「僕だってそうです。あなただけ。生まれて初めて恋したのも、抱き合ったのも、慶一さんだけ。うなじを噛んでもらったから、僕はもう二度とほかのひとには発情しない。でもアルファのあなたは違うでしょう?」

か細い声に、獅堂は軽率に頷かなかった。

けれど、そうなのだ。彼の言うとおりだ。オメガはアルファにうなじを噛まれると、生涯、ほかのアルファを誘惑することはない。ただひとりのアルファのためだけに発情し、フェロモンを発する身体になる。しかし、アルファは違う。ほかのオメガを抱くこともできるし、うなじを噛むこともできる。

昔々、まだオメガが色眼鏡で見られていた時代には、複数のオメガを囲い、愛人のように扱うアルファも多かったと聞く。自分の意思で愛人になるのなら、そういう生き方もあるのだろうと思う。

だが、たいていはそうじゃない。まるでおもちゃのように扱われることにこころを病むオメガもいたようだ。

もしも自分がそうだったら頭がおかしくなっていたと物思いに耽る。世界を牽引するのはアルファだと言われるが、権力を振りかざす暴君にはなりたくない。

アルファとしては風変わりかもしれないけれど、愛するのは廣、そして佑だけだ。

「何度でも誓う。私にとってはきみたちだけだ。もしまた失うことがあっても、かならず追いかけていく。どこまでも」

廣の左手の薬指をなぞり、するりと引き抜いた。

「以前は自分ひとりではめたんだろうな。すまなかった。もう一度、私からはめさせてくれないか」

「……はい」

離れていた間に、指輪には細かな傷がついていた。それだけ、大事にはめてくれていたという証拠だ。

あらためて廣の薬指に指輪を押し込んでいく。きちんと根元まで収まった指輪を目の前にかざし、廣は嬉しそうに口元をほころばせた。

「こんな日が来るとは思わなかった」

「きみをとことん愛して、甘やかして、私なしではいられなくしたい。逃げたいなんて思わなくなるほどに」

熱い両頰を手のひらで包み込み、なにか言いたげなくちびるをそっとふさいだ。

「……っん……」

甘やかな声が胸に染み入る。角度を変えてくちびるをついばみ、熱を分け合った。しだいにじわりと頭の底が痺れてきて、廣の髪をかき回しながらねろりと舌を挿し込むと、待ちきれないように絡みついてくる。

「ん……っん……」

うずうずと舌を擦り合わせる濃密なキスは、三年ぶりだ。唾液を絡め合うだけじゃ物足りなくて、歯列をなぞったり、上顎を舌先でくすぐったりもした。廣の身体がひくつき、ますます深く身体を預けてくる。

「けい、いち、さん……」

ぼうっとのぼせた廣には抗いがたい色香があり、どうかすると暴走しそうだ。

「だめ……いま、したら……止まらなくなる……」

「私もだ」

勢いに任せて廣を組み敷きたくなる衝動を堪えるのはなかなかつらい。

佑が向こうの部屋で寝ている。廣とも再会したばかりで、充分な準備ができていない。

廣の下肢に手を這わせれば、スウェットの前がきつく突っ張っている。廣も獅堂のそこを探ってきて、潤んだ目で見上げてきた。

「慶一さんも、硬い」

「廣を壊しそうだ」

「僕は……いいけど」

覚悟を決めたような真剣な声音にふっと笑い、前髪をかき上げて綺麗な額にくちづけた。

「すこしだけ気持ちいいことをしてあげよう。おいで」

ふらふらと立ち上がる廣の肩を抱き、アイランドキッチンの隅に向かう。観音扉の冷蔵庫の前に廣を立たせ、背中から抱き締めた。ここなら、万が一なにがあっても廣を隠せる。

スウェットの裾をまくり上げてなめらかな肌を探り、つんと尖る乳首をつまんでやると掠れた声が漏れ聞こえる。

「廣のここ、もう硬くなってる。こりこりしていて淫らだ」

「あ、んぅ、そんな、ねじったら……だめ、だめ……」

「こら、声が響くぞ」

「だって……！」

三年ぶりの身体を激情で壊さないかとひやひやしてしまう。

熱っぽく囁きながらも芯が入ってそそり勃つ乳首を根元から揉み込み、先端に向かって
きゅうっと搾り込むようにすると、廣の華奢な背中がびくんと跳ねた。

「ア……――！」

がくがくと膝を震わせる廣の感じやすさがいとおしい。パンツを下着ごとずり下ろして
やり、勢いよく跳ね出た肉茎を数度扱いただけで、廣はあえなく達し、ぱたぱたっと白濁
を散らした。

「ご、ごめんなさい、ずっとしてなかったから……」

「ひとりでもしなかったのか？」

こくりと頷く廣のうなじが真っ赤だ。それを見たら抑えきれない情欲の炎がこみ上げて
くる。

「噛んでもいいか」

「う、ん……――あ、あ、あ……！」

「んン……っ」

綺麗なうなじにぐっと歯を突き立てた。手の中の肉茎が何度も震え、熱いしずくがぽたぽたと垂れ落ちる。

「廣……こっちを向いてくれ」

「……っん……」

正面から抱き合う格好の廣は熱に浮かされたような目をしていた。彼も昂っているのだ。

「慶一さんも……一緒に感じてほしい」

「ああ」

パンツの中に手がもぐり込んできて、つたない愛撫が始まった。蕩けそうな快感にじっとしていられず、強くくちびるをぶつけて舌を吸い上げる。きつく搦め捕ってじゅるりと音を響かせながら、廣の肉茎を擦ってやると、同じことを仕返された。

「きもち、いい……?」

「すごく。いまここできみを抱きたいくらいだ」

「……だめですか?」

「今夜はな」

片目をつむって互いに触れ合った。すこしかがみ込み、廣の熱い場所と自分のものをまとめて握って擦り立てると、切羽詰まった喘ぎが上がるとともに背中に爪が食い込んでくる。突っ張った皮膚と皮膚が淫らに擦れ、互いに浮き立った筋がくにゅりと重なって鮮やかな快感をもたらす。

「そこ……っ……あぁっ、あ、いい……っ……っ」

片方の手で肉茎を扱き、もう片方の手で淫猥にふくらんだ尖りを揉み潰した。

ここも、そこも、廣の感じる場所は全部覚えている。ひとつひとつ確かめるように探っていくたび、廣が身をよじらせた。

「廣は裏筋が弱いんだったな」

「んぅ……！」

雄の切っ先で廣の裏筋をねっちりと擦ると、背中をぎりぎりと引っかく爪に力がこもる。

「もう……おねがい……このままじゃ、やだ……したい……慶一さんとしたい……」

「私もきみの熱い中で果てたいが、一応年上だからな。我慢しないと廣に嫌われてしまう」

「我慢なんか、しないで……だめ？　だめですか？　僕はしたい。慶一さんのこれ、奥までほしい……」

涙混じりの悩ましい声に理性が崩れそうだ。

寸前で踏みとどまり、窄まりにやさしく指を這わせた。それだけでも廣にとってはすさまじい快感だったのだろう。ぐんと首をそらし、声にならない声を上げる。

「ここに私を突き込みたい。最奥までねじ込んで揺さぶりたい」

「して……っして、ねえ……めちゃくちゃにして……」

窄まりに浅く指を挿し込むと、中がじゅわっとぬかるんでいるのがわかった。

「すごいな。廣のここはもうぬるぬるだ。前と後ろを一緒に触ってあげるから、好きなだけ感じてくれ」

「ん……ぁ……っ……慶一さんの……いじわる……！」

三年前の自分はもうすこし紳士ぶっていたように思う。奇跡的な再会を果たしたいま、次々に湧き上がってくる欲望の泡に呑み込まれて、淫猥な言葉を廣の耳に繰り返し吹き込んだ。

身体を揺らす廣の限界が近いようだ。ガチガチに張り詰めた肉茎を己のものとまとめて激しく扱き、指を二本に増やしてちゅぽちゅぽと肉壺に挿し込んだり引き抜いたりした。

「イく……イく……っぅ……っ……！」

すべすべした喉元にしっかりと歯を食い込ませながら、ひと息に擦った。廣が先に弾けて愛蜜を散らすのを確かめてから、獅堂もどくりと放つ。

「は——……っぁ……あぁ……っ……慶一……さん……」

身体を痙攣させる廣のそこは艶めかしくひくつき、手の中で繰り返し跳ねる。獅堂の硬い雄を押し当てられるのがよほど気持ちいいらしい。余韻に浸る表情で抱きついてきてキスをねだる廣に応え、くちびるを貪った。

「ん……ん……慶一さんの……まだ出てる……熱い」

「きみに触れたら一瞬でだめになる。わかってくれたか？」

「……うん」

ぼんやりした顔の廣が首筋にしがみついてきた。

「床、汚しちゃった……」

「掃除は私がする。もしかして、もう一度したいか?」

鼻先を擦り合わせた。廣のそこが脈打つのを感じて笑いかけると、恥ずかしそうな声が返ってくる。

「したい。慶一さんと、したい。おかしくなってもいいから……もっとしたい……離れた間のぶんだけ、あなたを感じたい」

「きみ以上に私は欲情しているんだ。そそのかすと大変なことになるぞ」

「僕はあなただけのものです。……慶一さんがほしい」

胸をまっすぐ撃ち抜くような上擦る声を呑み込むように、獅堂はくちびるを重ねた。

4

「ご機嫌ですね、専務」

「ばれたか」

「私じゃなくとも、あなたの頬がゆるんでいるのはわかります。青埜さんとまた会えたことは私もとても嬉しく思っております。ほんとうによかったですね」

　にこりともしない秘書だが、その声には温かさが滲んでいた。廣たちと暮らし始めてから、二週間が過ぎていた。三月の声が届きそうなこの頃だが、街は厳しい寒さで覆われている。今日も曇天で、薄暗い雲の隙間からいまにも氷雨が降ってきそうだ。

　不安定な天気をよそに、獅堂のこころは弾んでいる。

　デスクを挟んで立つ矢代に、「きみにも世話になったな」と目尻を下げた。

「この三年、私を支えてくれたんだ。なにか礼がしたい。なにがいい？」

「ボーナスのさらなる上乗せを、というのは冗談で、機会がありましたら、私も青埜さんにお会いしたい。あの日、私が事を急いていなければとずっと悔やんでおりましたから」

「わかった。今度うちに来てくれ。みんなで鍋でもつつこう」

「ぜひお邪魔させてください。おしあわせな専務に、さらなる朗報です。イード&デリアル社が先日提示した条件で契約を結びたいと申しています」

「よかった。正直やきもきしていたんだ。長い闘いだったが、これでイード&デリアル社の美味しい茶葉を国内に流通させられる。販売先の百貨店はすでに決まっていたな。大々的にイベントを行いたいんだが、どうだろう」

「よいお考えかと。先方の茶葉が日本に入るのは夏前ですし、美味しいアイスティを試飲できるイベントなどいかがでしょうか。都市部の百貨店に卸しますから、人出も見込めます」

確信のこもる声に、獅堂は手帳を開いた。普段はタブレットで書類やメールをチェックすることがほとんどだが、ふと思いついたアイデアは手帳に走り書きする。そのほうがなぜか記憶に残るのだ。企画でつまずいたとき、ぱらぱらと手帳をめくると過去記したメモが役立つこともある。自分の手でわざわざノートに書きつけることで、意識に刻み込まれやすいとなにかの本で読んだことがあった。

「それで行こう。百貨店との打ち合わせには私も同行する。それから今後の展開だ。イード&デリアル社とのプロジェクトが軌道に乗ったら、以前話したとおり、陶器メーカーへの打診もしたい。早ければ来冬あたりに。時期尚早か?」

「来冬ですといろいろ準備が間に合いません。年が明けて、来年三月頃が妥当かと」

「そうか……そうだな。ここは慎重に進めたほうがいいな」

プロジェクトの概要を固めたところで、矢代が小型のタブレットに視線を落とす。

「明日土曜から三日間、オフといたしました」

「ありがたい。ここしばらく忙しかったからな。きみも羽を伸ばすといい」

「そうします。せっかくおやすみになるのですから、青埜さんたちとどこかに出かけるのはいかがですか」

「とは言っても、まだ寒いからな……。そういえば、佑がテーマパークに行ってみたいとはしゃいでいた。テレビのＣＭで見たようなんだ。でも、まだ幼い子を冷たい風に晒したら風邪を引いてしまう」

「では、貸し切りましょうか。そうすれば列に並ぶこともありません」

ことともなげに言う秘書に驚いた。

「これでも三紅商社専務取締役の秘書です。私にできないことはありません」

「頼もしいな」

剛毅(ごうき)な言葉に肩を揺らした。広大なテーマパークをたった三人のために貸し切るなんて思いつかなかった。実現したら長蛇の列に並ぶこともないし、キャストたちも細々(こまごま)と世話を焼いてくれるだろう。

「でもまあ、私たちのために三紅商社の名を振りかざすことはしなくていい。来園を楽しみにしているほかの客をがっかりさせるわけにもいかないしな」

「ですが、この先当面、連休はありませんよ」

矢代の言葉にどうしたものかと思案する。

明日、いきなり南の島に行きたいと言ったら、「さすがにそれは無理です」としかめっ面をされそうだ。ものは試しとばかり、秘書に打ち明けてみた。

「以前から、廣と佑を沖縄に連れていきたいと思っていたんだ。あの島に水族館があるだろう。クジラが見られるかもしれない水族館なんだが」

「存じ上げております。では、早急に飛行機とホテルをピックアップしましょうか」

「できるか?」

「すべてご要望のままに。沖縄もまだ寒いでしょうが、東京よりはましです。レンタカーも手配しましょう。夕方までにプランを整えてお知らせします」

完璧な秘書に礼を言い、その場で早速廣に電話をかけた。

「三日ぶんの着替えを用意して待っていてくれないか。沖縄に行く」

『え、え、ほんとうに? 飛行機とかホテルとか、大丈夫ですか?』

「矢代が手配してくれる」

『うわ、嬉しい……! いまの沖縄の気温ってどのくらいだろ。ネットで調べてみますね。水着も持っていったほうがいいかな』

電話の向こうの声は一気にテンションが上がり、楽しげだ。

「屋内プールがあるホテルを選ぶよ」

『矢代さんにお礼をお伝えください。佑に言ったらはしゃぎすぎて眠れないかも』

くすくす笑いながら、「早めに帰る」と言って電話を切った。

5

「ぱぱ！　うみ！　うみ！　ぱぱ、いっしょ？」

　家に帰るなり、奥の部屋から飛び出してきた佑が歓声を上げながら両手を突き出してきた。興奮で頬を真っ赤にした佑に相好(そうごう)を崩して抱き上げると、温かい腕がきゅっと首に巻きついてくる。

「うみ、あったかい？　つめたい？」

「どっちかな。もし海に入れなくても、プールがあるから泳げるぞ」

「たすく、およげない」

「じゃあ、私が教えよう」

「うん！」

　床に下ろすと、佑は出迎えに来てくれた廣に駆け寄り、両手を伸ばす。愛し子を抱き締める廣が、「おかえりなさい」と言って軽く頬にくちづけてきた。

「ただいま。旅行の準備は？」

「ばっちりです。今度、矢代さんにうちにいらしてくださいって言ってください。一杯お礼したいです」

「矢代もきみたちに会いたいと言っていた。近々呼ぼう」

「楽しみにしてます。今夜はおでんですよ」

部屋の奥から出汁のいい匂いが漂ってきて、腹が鳴る。

「おでんなんて久しぶりだ」

「ね、僕も。練り物はスーパーで買ってきました。大根やたまご、牛串もありますよ」

腹が空いているところに食べ物の名を次々に挙げられると、空腹感がますます募る。

「部屋着に着替えてくる」

「じゃ、テーブルにお鍋をセットしておきますね。行こう、佑」

「はあい!」

元気に返事する佑と一緒に、廣はダイニングルームへと向かう。急いでクローゼットルームに飛び込んだ獅堂はスーツからルームウェアに着替えた。寒い季節にぴったりのふわふわした素材でできているルームウェアは三人おそろいで、廣が買ってきてくれたものだ。佑ならともかく、大人が着るものとしては可愛らしいと笑うと、廣は照れくさそうに、『家族全員でおそろいにしたかったんです』と言っていた。

「家族、か」

ひとり呟き、微笑む。

これ以上ほしいものはもうない。廣と佑というかけがえのない家族とともに過ごせる日々があれば、満たされる。彼と再会する前は、がらんどうの部屋にひとり帰り、ベッドルームとバスルームだけ暖め、一日の疲れを流したあとは泥のように眠り込んだ。たまに見る夢には、かならずと言っていいほど廣が現れた。目を覚ますのがつらかった。瞼を開けてしまえば、まぼろしの廣はかき消えてしまうからだ。

だが、いまは違う。声も、温もりも実際に感じることができる。これ以上のしあわせを望んだら罰があたる。

明日は早めに起きて羽田空港発の飛行機に乗る予定だ。はしゃぐ佑をなだめて寝かしつけるのが今夜最大のミッションだなと胸を温かくさせながらダイニングルームに入ると、ふわりといい香りが広がっていた。

「はやく、はやく」

チャイルドチェアに座った佑が待ちきれないと言った顔をしている。

「待たせたな、すまない。早速いただこうか」

「どうぞ、たくさん食べてくださいね。ごはんもいりますよね?」

「ああ、食べる」

ほかほかと湯気を立てる鍋を、佑と一緒にのぞき込んだ。

「佑、なにから食べる?」

「たまご」

「たまごだな。よし。熱いから、半分に割ろう」

いい色に染まっているたまごを器に盛りつけ、箸で半分に割った。それでもまだ熱そうなのでふうふうと冷まし、雛鳥のように口を開けている佑に食べさせた。

「わ、わ、あつ、おいし……はふ、ふは」

「ゆっくり食べなさい。廣は？　なにを食べる？」

茶碗にごはんを盛りつけて渡してくれた廣のほうを向くと、「大根ください」と返ってくる
「味がよく染み込んでそうだ。時間、かかっただろう」

「夕方から仕込みました。今日ずっと寒かったでしょう。夕ごはんは絶対おでんにしようって朝から考えてたんです。……ん、よく染みてる」

　にこにこしている廣を見守り、獅堂は自分の器にこんにゃくと牛串を盛りつけた。スープを啜(すす)ると、出汁が利いていてなんとも美味い。

「染み渡るな……。毎日ありがとう」

「いえいえ、こんなものでよければ喜んで作ります。明日はおにぎりを作って出かけましょう。途中、佑がお腹を空かせると思うから」

「そうだな。機内でも軽食が出ると思うが、一応。佑が食べなかったら私が食べる」

「あなたのぶんも作ります。慶一さんはおかかが好きなんですよね」

「たすくねー、しゃけ！」

　子どもらしい無邪気な声に口元がほころんでしまう。廣もそうだ。大人たちの愛情を一身に受ける佑には元気一杯に育ってほしい。

「はーい、了解。ほら佑、ちゃんと座って。危ないよ」

「次はなにを食べたい？」

「ぺんぺん！」

「はんぺんだな」

いましか聞けないたどたどしい喋りは、録音しておきたいくらいに可愛い。

これまた美味しそうな色のはんぺんを器に取り、食べやすいように箸でちぎった。

美味しそうに食べる我が子を見ているだけでしあわせだ。

「佑はよく食べるな。将来大きくなるぞ」

「ぱぱみたいに、なれる？」

「ああ、ちゃんとなる。私と廣の子だしな」

「ほんとー？」

自然と甘えた声を聞かせてくれるようになったことも嬉しい。幼児だからといって、大人の事情がわからないわけではない。廣とふたりで空気を重くしたことはないが、感情表現が豊かな佑の顔を見れば、喜んでいるとか悩んでいるかはすぐにわかる。廣と獅堂の会話に熱心に耳を傾けていることもよくある。幼いなりに、いろいろと考えているのだろう。佑の第二性はまだわからないが、アルファである獅堂の血を引いているせいか、お喋りが得意だし、物覚えもいい。

ごちそう様をした佑をチャイルドチェアから下ろし、飛行機のおもちゃで一緒に遊んだ。

佑にとって、明日は生まれて初めての飛行機だ。よほど楽しみにしているらしく、「おふろにもってく」とプラスティック製の飛行機を離さない我が子に笑い、「いいよ」と頭を撫でた。

今夜は獅堂が佑をお風呂に入れる番だ。その間、廣にはゆっくりと過ごしてもらう。短い時間ではあるが、一日中佑の世話をしている彼にひと息つく時間を持ってほしかった。獅堂がオフの日は佑とふたりで遊び、廣には好きなように過ごしてもらっている。家でのんびり寝てもらうのもいいし、気分転換に外へ出かけてもらうのもいい。ひとりになる時間というのは、誰にとっても必要だ。

佑とふたりでバスタブに浸かり、水面に浮かべたタオルの中に空気を入れてふくらませてやると、楽しそうな笑い声が弾けた。

「あっついー」

全身を綺麗に洗い上げた佑がひと足先にバスルームを飛び出し、紅茶を飲んでリラックスしていた廣のもとへと駆け寄る。

「ん、佑、いい匂いだ。慶一さんとのお風呂、楽しかった?」

「あわ、ぶくぶくしてもらった！」

「よかったねえ。慶一さん、お疲れ様。ドライヤーかけるの、大変でしょう」

「結構じたばたするんだよな。それがおもしろい。風呂の中で髪や身体を洗うときはおとなしくしているのに、ドライヤーは苦手みたいだ」

風呂上がりのミルクをグラスに入れ、ソファに座る佑に渡すと、勢いよく飲み干す。ふは、と満足そうな息をついた佑は飛行機のおもちゃを大事そうに抱え、「ねえねえ、あした、これ、のる？」と傍らに腰を下ろした獅堂を見上げてくる。

「そうだ。これよりもっともっと、もっと大きいんだ」

「すごーい……たすく、おっこちない？　だいじょうぶ？　こわくない？」

「大丈夫。佑を真ん中にして僕たちが座るから」

「ん。もっと、みるくのみたい」

「飲みすぎはお腹を壊すぞ」

「んー……じゃあ、あいすたべたーい」

明日が楽しみすぎて、眠気がちっとも訪れないのだろう。部屋中を駆け回る佑に苦笑し、冷えたちいさなゼリーをひとつ食べさせた。

「歯磨きして、もうねんねしよう」

「えー。ねんね、まだやだ」

「明日起きられなくなっちゃうよ？」

獅堂と廣が交互になだめても、佑はきらきらと目を輝かせ、「ねんねは、まだ！」と声を張り上げ、飛行機を掲げて走っていってしまう。

「やんちゃなんだから。誰に似たのかな？」

「私かな？」

「やっぱりそうですよね」

茶目っ気たっぷりな視線を流してくる廣の頭を軽く小突いた。

「佑、ほんとうに楽しみらしくて。着替えも全部自分で選んでました。あの飛行機も持っていくんですって」

「可愛いな、まったく。この間買ったリュックを背負わせてやろう。最近、佑も荷物を持ちたがるから。ちいさなおにぎりとハンカチ、ティッシュとキャンディを入れてやろう」

「ですね。ほらー、佑ー、もうねんねしようよー」

「やだあー!」

遠くから聞こえてくる声に廣が「もう」と噴き出しながら廊下へと歩いていく。その後ろ姿に微笑んだ。リビングの片隅には、スーツケースがふたつ置かれている。子ども連れだから、いろいろと荷物が多くなるのだ。二泊三日の短い旅をふたりが喜んでくれるといいのだが。

なんとか佑を捕まえた廣がそのまま寝室に入り、灯りをちいさくする。様子を見に行くと、布団の中でもぱっちりと目を開いている佑が飛行機を掲げていた。

「あした、これ、のる」

「そうそう。だからもう寝よう」

「やだ」

「寝ないと明日が来ないよ」

廣のもっともな言葉にやっと納得したらしい佑が飛行機を枕元に置き、布団にくるまる。

「ねんねしたら、あした、きてくれる?」

「来るとも。ちゃんと寝なさい」

「ん……」

安心しきった顔で瞼を閉じる我が子を廣と一緒に見守り、穏やかな寝息が聞こえてくる頃、目を合わせてくすりと笑った。

「はあ、今日もなんとか終わった……」

「よほど楽しみにしてるようだな。明日の沖縄は晴れるらしい」

「楽しみですね。前に、慶一さんと水族館に行ったとき、いつか沖縄に一緒に行こうって言ってくれたこと、僕、ずっと忘れられませんでした。でも、佑のほうがもっともっと楽しみにしてるんだろうな。いままで東京を出たことがないし、あなたと会ってから一緒に遠出するのも初めてだし」

「初めての家族旅行だ。たくさん写真を撮ろう」

「佑が大人になったとき、見せてあげたいな」

彼の肩を抱き寄せ、佑の寝顔に見入った。壁にかかった時計を見れば、もういい時間だ。

「僕たちも寝ましょうか」

「そうしよう」

ともにパジャマに着替え、佑を挟んで布団にもぐり込む。夜中に目を覚ました佑が怖がらないように、足下にはナイトランプがほんのり灯っている。

どちらからともなく、「おやすみなさい」と言い合い、瞼を閉じた。傍らから伝わってくる温もりが、一日の疲れを癒やしてくれるようだった。そのまま深い眠りに引き込まれ、夢も見なかった。

6

異変に気づいたのは、ころんと転がってきた佑が妙に熱かったからだ。

「佑……？」

子どもは体温が高い。それにしても、この熱さはおかしい。息遣いも浅く、荒かった。

「佑、大丈夫か」

「ん……」

「……どうしました？」

目を擦りながら廣も起き出し、佑の熱に気づいたらしい。部屋の灯りを点け、まぶしがる佑を抱き寄せて額に手を当てる。

「ああ……ちょっと待ってて」

いったん寝室を出た廣が、体温計を手に戻ってくる。

「お熱測ろう、佑」

「……うん……」

とろんとした佑はされるがままだ。体温計を見れば、三十八度を超えている。

「大変だ。すぐに病院へ連れていこう」

慌てる獅堂に廣が目配せし、押し止めてきた。

「たぶん、知恵熱です。はしゃぎすぎて熱が上がったんだと思います。佑、聞こえる？お医者さん行こうか？」

「……のど、かわいた……」

「わかった。いま持ってくる」

掠れた声の我が子が心配で、急いで冷蔵庫からスポーツドリンクを持ってきた。噎せないように、子ども用のストロー付きのカップに移し替えたものに佑が力なく吸いつく。喉が渇いていたのはほんとうらしく、あっという間に飲み干した。それでも、ぬいぐるみのようにくたんとしている佑の身体が汗ばんでいることに気づき、熱い湯に浸して固く絞ったタオルで拭いてやると、心地よさそうなため息が漏れた。

「旅行はお預けにしたほうがいいな……」

静かな廣の声を聞いた途端、佑が目の縁一杯に涙を溜める。

「……ひこうき……」

「でも、お熱があるから、無理しないでおこうよ。元気になったらまたちゃんと行こう」

「やだ……やだ、いく。ひこうき、のるもん」

「佑……」

ぽろぽろと涙をこぼす佑がかわいそうでたまらない。こころから楽しみにしていたのだろう。身をよじって枕元の飛行機を抱き締める佑が、「ねえ」と訴えてきた。

「いく。うみ、いくもん。てれびで、みた。うみ、きれいだったよ。たすく、およぎたい。ぱぱと、およぐ」

「そうだな。約束したな」

「うみ……、いけないの？」

不安そうな声がせつない。二歳の男の子にとって、空を飛んで青く広い海へと向かう沖縄旅行は、まるで星を摑むような夢にも似たものなのだろう。

「たすく、わるいこ？　いけない？」

「違うよ、佑はとってもいい子だよ。世界一いい子だよ」

穏やかに言い聞かせる廣が佑の髪をやさしく撫でる。

「うみ、いくもん。ぱぱ、つれてって」

無垢な涙声とともにちいさな手を伸ばされ、そのいじらしさに胸が詰まる。とっさにきゅっと握り締めた。

佑の年頃に、自分はこんなふうだっただろうか。純粋な目で、両親に甘えただろうか。そんな記憶はどこを探しても出てこない。乾いた過去を抱える自分でさえこうなのだから、佑につらい想いはさせたくない。しかし、熱を出した佑を抱えて沖縄に行くのも無理がある。道中、さらに体調を崩すことだって考えられる。沖縄に行きたい気持ちは痛いほどにわかるが、それ以上に佑の身体が心配だ。

「……佑」

どう言えば、伝わるだろう。

なにを言っても、佑から楽しみを奪う結果になるようで気がふさぐが、獅堂としては佑の安全を最優先するべきだ。

「佑、約束するよ。安心しなさい。沖縄はどこにも逃げない。廣とパパは佑のそばにずっといる」

精一杯の言葉に、佑が涙混じりに見つめてくる。

「ぱぱ……」

「パパたちは佑のお熱を下げたいんだ。佑がどうしても行きたいと言うなら、一緒に行こう。でも、お熱のある身体で海に入ったら、佑がもっとつらい」

「おさかな、みたい。およぐ」

「そうだな。パパたちも佑と一緒に泳ぎたいよ。佑、お熱があるのはわかるか?」

潤んだ目をしている息子の額に手のひらをあてがうと、ほっと佑が息をつく。

「おてて、つめたい。たすく、おねつ……あるね」

「ああ」

「うみ、だめ……?」

「もっとお熱が上がるかもしれない。パパたちは佑が大事なんだ。お熱が下がったら、佑の好きなものをたくさん食べよう。行きたいところに行こう」

「ほんと……?」

「絶対に守る。佑の願いごとはなんでも叶える」

「ね、佑。パパを信じて、ねんねしよう。起きたら、お熱もないないしてくれる」

廣が新しいパジャマを持ってきて、だるそうな佑を着替えさせた。まだ涙をこぼしている佑だが、熱で身体が重いことはわかっているらしい。廣と獅堂に挟まれる格好で再び布団にもぐり込み、「ねえ」とか細い声で呟く。

「おねつ、ないないしたら、うみ、いこう、ね」

「うん」

「佑とパパたちの約束だ」

「……うん」

すう、と息を吸い込み、佑は瞼を閉じる。さらさらした髪をいつまでも撫でていたかった。自分たちを信じ切っている寝顔をいつまでも見ていたい。

「びっくりしたでしょう。子どもが突然熱を出すってよくあるんです。佑もこれまで何度か高熱を出したけど、大丈夫ですよ。朝になったらちゃんと下がってます」

「そうか……動揺してしまった」

深いため息をつく獅堂の頬に指を伸ばしてくる廣が微笑む。

「ありがとうございます。……あなたがいてくれてよかった。僕たち、ほんとうに家族なんですね」

「ああ、そうだ。きみも寝なさい。ばたばたして大変だっただろう」

「僕は慣れてますから」

表向きには気丈に振る舞う廣だが、すがるような目をしていることに胸が揺れる。

離れていた間、佑をひとりで育てていた廣はさまざまな困難にぶつかってきたに違いない。菜央とその恋人が上手に隠してくれたとはいえ、当たり前の不安や孤独、寂しさもひそんでいたはずだ。三年の月日で逞しくなっただろうが、獅堂の庇護のもとにあるいまは、なにもかもゆだねてほしい。

「無理しないでくれ。きみたちのことはなにがあっても私が守ると誓う。これからはどんなこともふたりで分け合っていこう」

「うん。……この子のためにも、いつかあなたのご両親に会いたいな。なにを言われても構いません。佑は慶一さんとの間にできた子だって話しておきたい。ずっと隠していくのは無理だから」

「そうだな。話し合う機会を作ろう」

「はい」

素直に頷く廣に布団をかけてやり、獅堂も身体を横たえた。佑の呼吸が深くなっていることに安堵し、彼らを守るように腕を伸ばす。

ふたりには楽しい夢を見てほしい。その夢を叶えるのは、自分だ。

7

旅行は先延ばしになったものの、朝が来たら廣の言葉どおり、佑の熱は下がっていた。

「よし、平熱だね。念のため、お昼過ぎまではおうちで過ごそう」

「はあい……」

体温計のスイッチを切る廣に、起き抜けの佑はまだぼんやりしている。ちいさな背中を丸めている佑を見ていると、甘すぎると叱られてもなんでもしてやりたくなる。

日々、親になったことを自覚させてくれるふたりがいとおしい。

廣が佑を着替えさせている間に、キッチンに立って朝食の準備を整えた。大人はトーストとハムエッグ、サラダにコーンスープ。佑には鮭フレークを混ぜたおかゆを用意した。

廣に連れられてチャイルドチェアに腰かけた佑はすっかり目が覚めたようだ。

「おなか、すいた」

「佑の好きな鮭フレークをまぶしたおかゆだ。食べたいだけ食べなさい。残してもいいから」

「すみません、お任せしちゃって」

詫びる廣に「これくらいやらせてくれ」と言い、三人で手を合わせる。

「いただきます」

「いただきまーす」

昨晩の高熱が嘘だったかのように佑の食欲は旺盛だ。

ほっと胸を撫で下ろし、獅堂もトーストをかじる。

午前中はリビングで佑の好きなアニメーション映画を観たり、おもちゃで一緒に遊んだりした。お昼を食べたあとは佑が外に行きたいとせがむので、近くの公園にでも行こうかという話になった。

ダウンジャケットを着せ、マフラーをしっかり巻いた佑と手を繋ぎ、マンションから歩いて五分ほどの公園に着くと、たくさんの子どもたちが賑(にぎ)やかに声を上げていた。住宅街の中にある貴重な公園には、近所の子どもとその親が集う。さして広いわけではないが、ブランコにすべり台、砂場といったひととおりの遊具はそろっている。

砂場で遊ぶという佑についていき、こんもりとした山を作っては崩し、作っては崩した。しだいに佑はいつもの元気を取り戻し、砂山作りに熱中している。

愛息子を見守りながら、吹き抜ける寒風に首をすくめた。冬らしく空は突き抜けるほど真っ青で、雲ひとつない。厚着をしてきたのだが、じっとしていると寒さが足下から這い上がってくる。

身体を震わせたことに気づいた廣が、「そこのコンビニで温かい飲み物買ってきます」と足早に立ち去った。すぐに紙のカップを持って帰ってきた彼からホットコーヒーを受け取り、立ち上る湯気に頰をゆるめる。

「佑、おいで。温かいミルクがあるよ」

「のむ！」

たたっと駆け寄ってくる佑の顔は砂だらけだ。ぱっぱっと砂を払ってやり、ベンチに腰かけて親子三人、ゆっくりとカップに口をつけた。

「長いことあのマンションに暮らしているのに、ここには来たことがなかったな」

「大人ひとりだとそうそう機会がないですよね。この公園、僕も佑も好きなんですよ。佑が目の届く範囲にいてくれるし、知り合いになった親御さんと話すこともあるし」

「なるほど、ここはきみたちのテリトリーなのか」

「佑くらいの年齢だと、歩いて遠くに連れていくのはまだ難しいですしね」

「そうだな。それと、沖縄旅行はまたあらためてプランを立てよう」

「矢代さんがせっかく協力してくださったのに、申し訳ないことしちゃいました。今度お詫びします」

今朝方、矢代に電話して子どもが熱を出したので旅行を中止にしたいと伝えたところ、『承知しました。キャンセルの手続きをしておきます』と彼らしい冷静な声が返ってきた。

「そのあと、『どうぞお子さんのお熱が早く下がりますように』と言っていたよ。あの矢代から『お熱』という可愛い言葉が出るとは思わなかっよ。思わず笑ってしまった。来週にでも彼を招こうか」

「ぜひ。矢代さんの好物を聞いておいてもらえます?」

「わかった」

「ねえねえ、ぶらんこ、のりたい」

とっくにホットミルクを飲み終えた佑がうずうずしている。

「ミルク飲んだばかりだけど大丈夫?」

「だいじょぶー。ひろ、いこ」

廣の手を摑んで駆け出す佑を見送り、カップに残るコーヒーを飲んだ。味けないはずのコンビニのコーヒーもたまには美味しい。

獅堂のことを「ぱぱ」と呼んでいる佑に、廣は自分をなんと呼んでもらうか苦慮したらしい。女性性ではないので、「ママ」と言わせるのは若干の抵抗があったようだ。もうすこし大きくなったら呼び方も考えようと話し合い、とりあえずは「ひろ」と呼んでもらうことにしている。

佑が学校に通う年頃になったら、「慶一パパ」「廣パパ」と呼んでもらおうか。それはまだずっと先の話だが、いまから佑の成長が楽しみだ。

子どもたちがはしゃぎ回る光景をただ眺めていた。

ブランコに乗る佑が声を上げて笑い、その背中を廣が押し上げている。ありふれた穏やかな姿は、幸福の象徴だ。

固い土に埋まっていた根が太陽の力を借りて這い上がり、陽射しを浴びてすくすくと伸び、葉をつけ、可愛い花をふわりとほころばせるのを胸の奥でずっと待っていた。

なんとも言えないこの温もりが、しあわせというものなのだろう。

いつまでもふたりを眺めていたい。この瞬間を切り取ってこころにしまいたい。

思いついてダウンジャケットのポケットからスマートフォンを取り出し、廣たちに向けた。

「ぱぱー!」

手を振る佑と廣をフレームに収め、数度シャッターを切った。

いままでにも折に触れて写真を撮ってきたが、これからはもっとたくさん思い出を増やしたい。

ベンチから立ち上がり、廣たちのもとへ近づこうとしたときだ。手に握るスマートフォンが震え出す。見れば、母の亜紀美からだ。

ここ数か月、まったく連絡を取っていなかった母が電話をかけてきたということは、なんらかの無理強いをしてくるはずだ。

腹の底に力を込め、通話ボタンを押した。

「もしもし」

『慶一さん? あなたったらもう、何度電話しても出ないんだから。お仕事が忙しいのはわかってるけど』

「どうかしましたか」

『あなたのお見合い、来週に決まったわよ。日曜の十三時に銀座のホテルへ来てちょうだい』

「待ってください。僕はもう見合いをしないと言いましたよね。伴侶は自分で決めると、お母さんにも何度もお伝えしたじゃないですか」

『そうだったかしら？』

空とぼけた声に顔をしかめた。母らしい、身勝手な反応だ。

「あなたの結婚は、あなただけの問題じゃないの。三紅商社の未来を左右するのよ。慶一さんは三紅商社を継ぐ者でしょう。あなたにふさわしいお相手は、私たちも納得できる方でないと」

「僕はこころから愛するひとと人生を歩んでいきます。僕を心配してくれるのは嬉しいですが、そろそろ子離れしませんか」

『いやね、他人事みたいに言って。いいから、私の言うことを聞きなさい。今度のお相手はとても素敵な方よ。家柄も性格も素晴らしいわ。慶一さんの人生にぴったりの方』

「だからお母さん――僕にはもうこころに決めたひとがいます」

強い語調で言い切ると、電話の向こうが一瞬黙り込んだ。そこへ、廣と佑の弾んだ声が飛び込んできた。

「ぱぱあ！　さむい！」

「すっかり冷えちゃいました。家に帰って温かいものでも食べましょう。……慶一さん?」

可愛い声が筒抜けになったようだ。深く息を吸い込む気配がしたあと、『慶一さん』と押し殺した声が聞こえてくる。

『いまのはどなた? ずいぶん親しそうね。それに、幼い子の声で「パパ」って聞こえたけれど……あなたに関係があるの?』

いつかは話そうと思っていた。このままずっと隠しとおせるとは考えていない。廣と佑を守っていくためにも、頭が固い両親を説き伏せるつもりだった。

「お母さん、よく聞いてください。僕にはもう、伴侶がいます。僕の子もいます。男の子で、佑といいます」

母はしばし絶句していた。それもそうだろう。三年前の見合いを蹴ってから、何度持ちかけられても断ってきた。廣以外の相手は考えられなかったのだ。もし、再会できなかったら、一生独身を貫いていただろう。

「今度、あらためて紹介します」

『……その方とは、どこで知り合ったの』

「三年前、銀座の帝都(ていと)ホテルで開かれたパーティで知り合いました」

『お客様のひとりだったの?』

「いいえ、ホテルのウエイターをしていました」

『そんな、……そんな方があなたと生涯をともにすると言うの? 悪い冗談はよしてちょうだい』

「冗談じゃありません。佑はもう二歳です。僕にもすこし似ています」

再び、沈黙が落ちる。

幼い頃、父や母が黙り込むと、いたたまれなかった。三紅商社の跡継ぎとしてつねにいい子であれと言い聞かされ、学校の成績も振る舞いも完璧を求められてきた。彼らにとってはひとり息子である獅堂にすべての願いを託したのだろう。すべての期待と野心を。

その重圧に、獅堂は耐えてきた。いい子であれば、両親のがっかりした顔を見なくてすむ。成績がよくても身だしなみをきちんとしていても、とりたてて褒められなかったが、失望させることもなかった。

そこに無償の愛はあっただろうか。わからない。

長いこと抱えてきたもどかしさの正体が寂しさなのだと、廣に出会って初めて気づいた。なにをしても、誰と会ってもくすぶっていた想いの正体は寂しさだったのだ。廣と佑をこころから愛することで、彼らに愛され、頼られる喜びを知った。

うわべだけが整った獅堂慶一ではなく、寂しさやもろさ、そして離れていた間ずっと廣たちを愛し続けた執着とも言える深い思いを、彼らは全身で受け止めてくれた。

まるで磁石のN極とS極が引き合うように。自分と廣、佑は一度繋がったらけっして離れない。

「お母さん、お見合いは断ってください。来週、廣と佑を連れて実家に行きます。僕の家族に会ってください。日曜の十三時に会いましょう」

母はなにも言わなかった。すこしの間が空いたあと、電話は唐突にぷつりと切れた。

「慶一さん……？」

そっと声をかけてきた廣に、深呼吸してから笑いかけた。

「きみたちを私の家族に紹介したい。いきなりですまないが、来週の日曜、いいだろうか」

「——大丈夫です。あなたのご両親に会いたいって言ったでしょう？」

覚悟を決めていたようだ。廣がしっかりと頷く。

廣の足下に寄り添っていた佑が不安そうに見上げてきて、おずおずと近づいてくる。

「ぱぱ……」

ひたむきなまなざしに、守りたいのはこの瞳だと再確認する。

「おいで。うちに帰ろう」

温かい我が子を抱え上げ、獅堂は廣と並んで歩き出した。

8

白亜の建物を目にした廣と佑は、「すごい……」と驚いていた。近隣も立派な庭を持つ家々が並ぶ一帯だが、獅堂の生家はどこよりも見事だ。高い塀越しに、白い洋館が見える。

「大丈夫、私がついている」

「はい」

佑を抱いた廣の肩を抱いて、久しぶりにインターホンを鳴らす。堂々とした鉄製の門が開く先で、ゆったりとしたアプローチから続く玄関へと歩いていく。

「ほんとうにすごい。お屋敷ですね」

「三紅商社の跡取りだからな」

自嘲的な呟きに、けれど廣は真剣な顔だ。

「慶一さん、僕たちのために……仕事辞めませんよね？」

窺ってくる廣に、浅く顎を引く。

「辞めないよ。私は私なりに努力してきたからな。いまも大事なプロジェクトを抱えている。この話を聞かせれば両親も文句は言わないはずだ」

「そうか……。でも、無理しないでくださいね。もしものときは、僕が働きます。これでも派遣会社にいたときは結構重宝されてたんですよ」

「こころ強い」

笑いながら話しているうちに玄関にたどり着き、扉を開けば、紺色のワンピースに白のエプロンを身に着けた家政婦を筆頭に、使用人たちがいっせいに頭を下げる。

「お帰りなさいませ、慶一様」

「ただいま。さあ、廣、佑、こちらへ」

「──はい」

廣の腕に抱かれた佑はめずらしく緊張しているようで、ひと言も口を利かない。

玄関の正面には美しいらせん階段があり、その左右に赤い絨毯(じゅうたん)が敷かれている。ところどころに母がヨーロッパ旅行で買い集めてきた調度品が置かれていた。中には、獅堂家代々受け継がれてきたアンティークもある。

壁に目を止めた佑が、ぽそりと呟く。

「……うみ」

佑の視線の先には、青い海が広がる美しい油彩画が掛けられていた。そう大きくはないキャンパスに描かれた絵は三枚ある。どの画商から買い求めたものかわからないが、古いものではない。筆の跡が残る絵の具はまだ鮮やかだ。

「きれい……」

「綺麗だね」

素直な声に、廣が佑の髪を撫でる。

落ち着いたら、真っ先に廣と佑を海に連れていきたい。そのためにも、今日という日を乗り越えたい。

左手にウェイティングルームがあり、さらにその奥には豪奢な調度品に囲まれた応接間がある。品のある深緑のカーテンがかかる部屋で、父と母が待っていた。

「お久しぶりです」

「よく来たな」

三紅商社の社長である父の武雄とはちょくちょく社内で顔を合わせる。真っ白なシャツにアスコットタイ、ダークブラウンのベストにグレンチェックのスラックスというコーディネイトは、大企業の社長らしいオフスタイルだ。その隣で顔をこわばらせている母の亜紀美はベージュのスーツをまとい、真珠のイヤリングとネックレスを合わせ、いかにも上流階級に君臨する婦人といった姿だ。

母は、獅堂に寄り添う廣と佑を見つめている。伴侶を怖がらせないよう、獅堂はその肩を抱き寄せた。

「まあ、座りなさい。いま紅茶を運ばせよう。……その子には、オレンジジュースでいいだろうか」

「ええ」

三人並んでソファに腰かけた。使用人が静かに入ってきて、各自の前に飲み物を置いていく。佑のオレンジジュースはストローが挿さった細長いグラスに注がれていた。自宅なら真っ先に飲み物をほしがる佑だが、見慣れない大人たちの視線を受け、廣の腕の中で子猫のようにじっとしている。

「あらためて紹介します。僕のパートナーの青埜廣さんと、息子の佑です」

「初めてお目にかかります。慶一さんにはとてもよくしていただいてます。佑、ご挨拶は？」

廣にうながされたが、佑は口を閉ざしている。

「先日の電話でもお伝えしたとおり、僕は廣さんと佑との三人で新しい生活を切り拓いていきます。お父さん、お母さんがすすめてくださった方と一緒になることはできません。申し訳ありません。ですが、僕もいい大人です。人生は自分で決められます」

「青埜くんと言ったな。子どもを産んだということは、きみはオメガか」

「そうです」

「では、その子もオメガか」

言外に、アルファではないのかと訊ねていることに気づき、とっさに口を挟もうとしたが、廣がちらりと視線を流してくる。大丈夫、とその瞳は言っていた。

「佑はまだ幼いので、第二性についてはわかりません。昔から言われているとおり、オメガはアルファの子を産む確率が高いと言われますが……僕は、この子がオメガでも、アルファでもどちらでも構いません。慶一さんとの間に生まれた大切な子です」

芯が感じられる声に、母の頬がぴくりと攣る。

「青埜さん、お生まれはどちらかしら」

「東京です」

「ご両親はなにをなさっているの？」

「お母さん、それは廣のプライベートなことですよ」

「三紅商社を引き継ぐあなたの伴侶になろうとしている方のご家族がどういった方々か知るのは、私たちには大切なことなの」

それはさすがに失礼ではないかと言いかけたが、廣は昂然と顔を上げている。

「僕は母子家庭で育ちました。幼い頃に母を亡くして児童養護施設に預けられ、十八歳まで大切に育ててもらいました。その後独立し、派遣会社に登録して働いています」

「……そう」

正直に明かした廣に圧倒されたのか。母は鼻白む。生まれも育ちも恵まれた彼女にとって、廣の家庭環境は想像できないのだろう。

「……佑というその子が、慶一さんとの間にできた子なのね」

「はい」

「二、三歳くらいに見えるわ。でも、慶一さんとは最近一緒に暮らし始めたのよね。どういった理由でふたりは離れていたの？」

「それは――僕の一方的な、……わがままです」

うつむく廣の横顔をそっと見つめた。彼が言いにくかったら自分が寄り添うつもりだが、廣は真面目な顔で言葉を探している。

「慶一さんは、出会ったときからとてもやさしくしてくださいました。僕にとって、ここから愛したひとは、母と、慶一さん、そしてこの子です。慶一さんと親しくなっていって、ずっとこのまま穏やかに暮らせればいいなと思っていた矢先に身ごもって……そこであらためて、慶一さんと僕の境遇が違いすぎることに気づきました。慶一さんは三紅商社を継がれる方です。そんな方に僕はふさわしくないと思いました。だから姿を消したんですが……ずっと忘れられませんでした。未練がましい僕を、慶一さんが見つけ出してくださったんです」

「いや、私がしつこく廣を追いかけていたんだ。この三年ずっと」

言い添えたが、両親はますます顔をしかめる。

父が深く息を吐く。仕事ばかりに専念してきた父のことだ。『おまえは会社のことだけを考えろ』とでも言うだろうかと身構えた。母も黙り込み、膝の上で組んだ両手に視線を落としていた。その指にはいくつもの宝石が輝いている。

ふいに佑が身をよじり、「おろして」とせがんできた。

「どこか行きたいの？　トイレ借りたい？」

「ううん。おりてもいい？」

「いいけど……」

見知らぬ家でいたずらをしでかすのではないかと廣は心配しているようだ。「大丈夫だ。下ろしてやってくれ」と言うと、廣は頷き、佑を床に下ろした。

毛足の長い絨毯を踏み締めた佑は不思議そうにあたりをきょろきょろ見回す。獅堂たちと暮らすマンションとはまったく違う内装に興味があるようだ。

「ここ、どこ?」

「パパのおうちだよ」

「ぱぱ、たすくと……いっしょじゃないの?」

「ああ、ごめん。言葉が足りなかった。ここは、パパが生まれた家なんだ」

「ふうん……」

わかったようなわからないような顔で佑は獅堂の膝に両手で触れている。佑のくせで、家にいるときもよくこうして獅堂や廣の膝に触れてくる。安心できる場所を確認したいのだろう。

佑は肩越しに両親を振り返る。

「だれ……?」

「パパのお父さんとお母さんだ。佑にとっては……」

お祖父さんとお祖母さんだよと言おうとして、佑が興味津々なことに気づき、微笑んでちいさな頭を撫でた。

「佑のじいじと、ばあばだ」

「な……」

母がぽかんと口を開けている。まさか先手を打たれるとは思わなかったのだろう。

「慶一さん、待ちなさい。まだ認めたわけじゃ」

慌てた母にたじろぐことなく、佑はそろそろと近づき、その膝にちいさな両手を置いた。

「ばあば？　ばあば、ぱんけーき、つくる？」

「え？　パ、……パンケーキ？　ちょっと、慶一さん、この子、あの、ちょっと……！」

「えほんでね、ばあば、ぱんけーき、つくるの。まんまる。ばあば、つくれる？」

可愛らしい声の佑が母の膝を摑んでよじ登る。隣では父が唖然（あぜん）としていた。

佑が大好きな絵本の一冊に、魔法使いのおばあさんが美味しいパンケーキを作る話があるのだ。挿絵に描かれたパンケーキは金色で艶々しており、子どものこころをがっちり摑んだようだ。

動転している両親なんて、初めて目にした。可笑しくて噴き出しそうだが、なんとか堪えた。さしもの母でも、服をしっかり摑んでいる幼児を振り落とすことはできないらしい。ただただ佑を見つめ、どうしていいかわからない様子だ。

きちんと膝に乗った佑がどんな顔をしているか、その背中からは窺えないが、たぶん、素直な好奇心を瞳一杯にたたえているのだろう。

はらはらしている廣の手を摑み、佑の背中を見守った。

「ばあば、ぱぱを、おおきくしたの？」

「あなた……」

「たすく、おおきくなれる？　およげる？」

「……泳ぐ？」

突然問いかけられ、母は拍子抜けしている。

「ぱぱね、うみ、つれてってくれるの。ばあば、およげる？」

「それは、まあ……そうね……泳げるわよ」

「……すごいね！　ばあば、すごいね！」

声を上げて佑がぱっと両手を広げ、母に抱きついた。まさか幼子に抱擁されるとは思っていなかったらしい。目を白黒させ、一瞬、顔をしかめて膝の上の佑を押しのけようとしたが、それよりも先に佑にぎゅっとしがみつかれてしまう。

「ばあば、すごいねえ。うみ、いった？　じいじは？」

「わ、……私か？　海には何度も……」

「じいじ、およげるの？　すごい！」

こころからの賛辞に父は口を開いたり閉じたりし、最後には困った顔で獅堂たちを見やる。

「慶一」

「ぱぱ、けい……けい、い……けい……ち……？」

すらすらと名前を口にできない佑はもどかしそうだ。ふっと横を向いて父を見上げ、

「あのね」と言う。

「ぱぱはね、ぱぱ」

「パパ……」

「……慶一が、パパ……」

まったく動じない佑に度肝を抜かれたらしい両親に我慢できず、声を上げて笑ってしまった。

「佑には誰も勝てないな。お父さん、お母さん、この子があなたたちの孫です」

「孫……」

「この子が……」

言ったきり、絶句する両親に獅堂は目尻を下げた。大人のやり方で挑むよりも、幼い佑が純粋に、まっすぐ向かっていくほうがずっと強い。

「僕は、佑と廣との三人で温かい家庭を築きます。どうか認めてください」

頭を下げた。隣で、廣も同じように深く頭を下げている。

「もちろん、お父さんの顔に泥を塗らないよう、今後はますます仕事に精進して参ります。いま動かしているイギリスのプロジェクトも完遂間近です。きっと、おふたりに喜んでいただけるはずです。お母さんが好きなこのティーカップを、日本でも扱えるようになりますよ」

その言葉に、母がテーブルに置いたティーセットに目を落とす。長いこと使ってきたカップやソーサーは丁寧に茶渋を落としてあるが、飲み口がだいぶ薄くなっている。そろそろ替え時だ。

「おまえ、あの陶器メーカーと取引していたのか」

「ええ、お父さんたちを驚かせたくて黙っていましたが、なんとか軌道に乗せられそうです。無事に日本に輸入できるようになったら、僕から新しいティーセットをプレゼントさせてください」

ティーセットくらいでこころを動かせるとは思っていないが、佑がぱふっと抱きついたことで母の表情が微妙に変わる。

「ばあば……おはなの、におい……」

なんの疑いも持たずにたわむれる佑は、幼くても勘が鋭い子だ。もしも、母が内心佑を疎んじていたら、すぐさま気づくだろう。けれど、ぺったりと身体をもたせかける佑の横顔は安堵感に満ちている。

「ばあば、おはな、つけてる?」

「違うわ。これは……香水。花の香りを……閉じ込めた特別なお水をつけてるの」

「ばあば、まほうつかい? すごい。おはなみたいで、ぱんけーき、つくるんだ」

「まだ作るとは言ってません」

「たべたい。ばあば、ぱんけーき、すき?」

「……嫌いじゃないけど……」

母の頬がうっすらと赤い。照れているのか、怒っているのか判断をつけかねているところへ、父が怖々と手を伸ばし、佑の髪を撫でる。佑は心地よさそうに身を任せていた。

「じいじ、おてて、おっきいねえ。ぱぱ、みたい」

「そうか……」

ゆるゆると相好を崩す父は佑のさらさらした髪を撫で続けながら、獅堂に笑いかけてきた。

「……ちいさい頃の慶一を思い出すよ。私たちは仕事優先で生きてきたから、ろくにおまえの頭を撫でることもしなかったが……」

「だったら、佑をたくさん可愛がってやってください。この子はこれからもっと大勢の方に愛されます。赤の他人に愛されるのも嬉しいことですが、血の繋がった家族に大切にされる嬉しさはなにものにも代えがたいと思います。な、廣」

「はい。お義父様たちがおいやじゃなければ」

いまや佑はすっかりこころを許したように、母の胸元にぐりぐりと頭を押しつけている。

「ばあばー。あっちに、うみ」

「海?」

「そう、うみ。みせて」

「……ああ、壁の絵のことかしら」

「たすくね、あれ、すき。うみ、みたい。つれてって」

あどけないおねだりに、母の切れ長の目元がほんのすこしだけ和らぐ。

「あの絵に目をつけるなんて、なかなか見どころがあるじゃないの。……あれはね、私が描いたのよ。趣味程度なんだけど、まあまあよく描けたほうかなと思ったから」

「そうなんですか」

廣が驚くと、佑が「すごーい！」とはしゃぐ。

「ばあば、すごいねえ！　おはなで、およ……およげ、て、ぱんけーき、できる！　まほうつかい！」

「だから、パンケーキを焼くとはまだ言ってません。──まあいいわ。絵を見せてあげる」

根負けしたのか。ため息をついた母がおそるおそる佑を抱き上げる。その姿に、幼い頃の自分を重ね合わせてみた。あんなふうに、壊れ物を扱うように抱き締めてもらった記憶はないが──それでも、この年まで大きな病気ひとつせず、健康で生きてこられたのは、やはり両親がいたからこそだ。こころを閉ざしていたのは自分のほうかもしれないなと苦笑し、「皆で見に行こう」と廣の手を握って立ち上がる。

「お父さんも一緒に。皆でお母さんの絵を見ましょう」

「……そうするか」

隣にやってきた父と並ぶと、いつの間にか自分のほうが背を追い越したことに気づいた。子どもの頃は上背のある父を恐れていたが、いまはなんだか懐かしい想いが胸に広がる。

「慶一に追い越されたな」

父が笑い、獅堂も頷く。

「ふたりとも、後ろ姿がそっくりですね。背中がとても広いです」

「そうか?」

「親子だからな」

廣の声にふたりそろって振り向き、三人であぁだこうだと言い合っていると、「じいじ!」と弾んだ声が聞こえてくる。

「ぱぱ、ひろ! ばあば、うみ、いくって!」

「見せてあげるとは言ったけど、連れていくとはまだ言ってません」

素っ気ない母の言葉に不思議な感情が混ざり込んでいる。それがなんなのか、いまの自分はもう知っている。

「どこの海を描いたんですか?」

「沖縄よ」

「いいな、沖縄に行かれたんですね」

「ああ、おとふたりで行ったんだ」

大人同士の会話に、幼子の嬉しそうな笑い声が加わった。

「うみ、いこ」

「……そうね」

信じ切った声に、母が仕方なさそうに微笑む。
その胸に——この胸に浮かぶ、不思議な温かさ。
それは、愛だ。

9

ゆっくりと上下するちいさな胸に毛布をかけてやり、廣と一緒に我が子の寝顔をのぞき込んだ。

「波乱の一日だったが、この子がいてくれたおかげで大団円だったな。嬉しかったな……おふたりとも、いい方じゃないですか。お父さんもお母さんも可愛がってくれましたね。慶一さんから聞いていたイメージではどんな怖いひとが出てくるのかってそわそわしてましたけど」

夕方まで獅堂の実家ではしゃぎ回っていた佑は、マンションに戻る途中に立ち寄ったレストランで食事を取っている間から眠そうに瞼を擦り、部屋に着いた途端、ことんと寝てしまった。

一度寝付いたら朝まで起きない我が子を静かに寝室まで運び、廣と肩を寄せ合った。

「私の中で妄想をふくらませすぎていたんだろう。我ながら恥ずかしい。父と母がこの子の頭を撫でているのを見たとき、ほんとうにほっとしたよ。あのひとたちにも、誰かを愛するこころがあるんだといまさらながらにやっとわかった」

「そうじゃなきゃ、慶一さんはいまここにいませんよ。すこし不器用かもしれないけど、やさしい方々です。だって、夏には皆で沖縄に行こうってお母さんが言ってくれましたもんね」

「あれも、佑の粘り勝ちだ」

――『いく？　うみ、みんなでいく？　じいじ、ばあば、ぱぱ、ひろ、たすく、うみ、いこ。やく……や、く、そ、くー』と言い続けた佑に母もしまいには折れ、『わかりました。今度の夏に行きます。連れてってあげるわよ。感謝しなさい』と頰を赤らめ、父は楽しげに肩を揺らしていた。

「佑をとおして、私ももう一度、両親との絆を築いてくよ」

「いまからでも充分間に合います」

そう言って、廣が頰に軽くくちづけてきた。ほのかに温かいキスは久しぶりだ。

お返しとばかりに廣のくちびるをついばむと、彼の身体がぴくりと震える。

「おいで、廣」

「……どこ？」

早くもその声は熱情で潤んでいる。

「隣の部屋だ。この間、ベッドを入れただろう。どちらかが遅く帰ってきたとき、佑を起こさないようにって。ここの部屋の扉は細く開けておく」

恥じらいながら頷く廣を連れて隣の部屋に入るなり、強くくちびるを重ね合わせた。

「ん……っぁ……」

薄く開いたくちびるにねろりと舌をすべり込ませると、待ちきれないように熱い舌が絡みついてくる。普段は互いに佑のことで頭が一杯だが、こうしてふたりきりになるとどこにしまい込んでいたのか思い出せないほどの激情がこみ上げてくる。

ちいさな舌をきつく吸い上げて擦り合わせれば、廣がくたくたとベッドに倒れ込む。

「廣……」

華奢な身体に覆い被さり、時間をかけて服を脱がしていく。タートルネックのニットにアンダーウェア、チノパン、靴下。ボクサーパンツ一枚だけの姿になった廣の肌はうっすらと汗ばみ、獅堂を惑わせる。頭がくらくらするような甘い香りは、獅堂だけが感じ取れるフェロモンだ。

「私を感じてくれてるんだな」

「ん……慶一さんがほしい……」

熱っぽい目を向けてくる廣の胸に吸いつき、口に含んだ乳首をこりっと噛んだ。

「あ……っ……そこ、……」

「痛いか」

「ん、ん……ちが……っ……」

「いい？」

舌先で乳首の根元を押し上げ、ちゅくりと音を立ててしゃぶる。もう片方の尖りも指で押し転がし、ふっくらとした感触を楽しんだ。どこを触っても熱くてみずみずしい。肌を触れ合わせているだけで感じる。押し寄せる欲望に呑み込まれてちゅくちゅくと乳首を執拗に嬲り回した。

だんだんと息が浅くなっていく廣が髪を摑んでくるが、彼の感じるところは自分だけが知っている。そのすべてを探り当てたい。

「あ、あ、っ、やぁ、も、そこ、ばっかり……っ」

「廣が感じやすいのが悪い」

「んん……！」

身体をのけぞらせる廣が掠れた喘ぎ声を漏らす。何度抱いても新鮮で、可愛くてたまらない。ぷっくりと腫れぼったく育った乳首を指の腹で押し潰しながら、すこしずつ身体をずらし、くまなく舌を這わせた。脇腹が弱いことを知っているから、わざと舐めてやると、廣はくすぐったそうに腰をよじらせた。それが悩ましい媚態にも見えて、喉の奥が鳴る。

彼のそこはすっかり昂っていた。下着越しでもわかるほどの塊に触れたくてボクサーパンツをゆっくり引き下ろすと、ぶるっと引き締まった肉茎が跳ね出る。先端からとろとろと愛蜜をこぼす廣のそこを見ているだけで、こっちまで疼いてくるようだ。

敏感な肉竿の根元にしっかりと指を巻きつけ、ひと息に頰張った。

「あ――……！」

ぐんと跳ねた腰を押さえ込み、じゅっ、じゅっ、と卑猥な音を立てて強めに吸い上げる。多すぎる先走りを舐め取り、舌先でちろちろと裏筋をたどった。そこも廣が感じるところだ。

「やだぁ……っ……あ……あ……けい……いちさ……っ……」

舐めれば舐めるほど、とろとろと愛蜜があふれ出す。限界が近いのか、口内で廣の先端がふくらんだ。

「だめ……だめ……っ……やだ……イっちゃう……！」

「このまま」

口の中で果ててほしくて肉茎を指で扱いてやった。

「……だめだったら……あ、あなたの口の中……出すなんて……そんなの……あ、あ」

追い詰めるように先端の割れ目を舌先でいやらしく抉り、肉竿を激しく扱いた。

「んん……出る……出ちゃ……っ……」

背中をしならせて口を両手で覆った廣がくぐもった声を漏らし、どっと熱を解き放った。

「あ……あ……っ……」

どんどんこぼれる白濁を最後の一滴まで飲み干せば、「もう……」と廣が怒ったような声を搾り出す。

「だめって言ったのに……全部……飲んだんですか……」

「ああ。くせになりそうだ。起き上がらないでくれ。続きがまだある」

「ん――……ん……！」

恥ずかしがる廣の両腿を強く摑んで左右に大きく割り開き、快感でひくつく窄まりにちろりと舌を送り込む。

「う……っん……あ……あぁっ、あっ、そこ……」

卑猥に収縮する孔をたっぷりとした唾液で濡らし、充分に潤ったところで指を挿し込んだ。熱い肉襞が指にまとわりついてきて、理性が崩れそうだ。

「ここ、ひくついてるぞ。私を誘ってるみたいだ」

「そんな……っ……あ……っ……ん……！」

ぬくぬくと指を挿れたり抜いたりし、媚肉を上向きに擦ってすこしずつ広げていく。ぬかるんだ隘路の熱さに我慢できず、身体を起こした。

「慶一さん……来て……」

両手を広げる廣の前で素早く服を脱ぎ落とし、雄々しいそこを軽く扱き上げた。それを間近に見る廣が息を呑み、くちびるをわななかせる。

「待てない……っねえ……」

「私もだ」

両腿の間に身体を割り込ませ、腰をぐっと落とした。反り返る雄芯でみちみちと抉れば、蕩けた肉襞が淫猥に絡みついてきた。

「あ――あ……ッ……おっきい……っすごい……っ奥まで……届いてる……」

のけぞる廣の腰をぎっちり摑んで揺さぶった。そのたびに悲鳴のような喘ぎが聞こえる。必死に声を殺そうとしている廣に笑いかけ、くちびるをふさぎながら激しく腰を遣った。

「ん、んんっ――ふ……っ……」

背中に回った両手がぎりぎりと肌に食い込んできた。獅堂の淫らな腰遣いに振り落とされまいと、廣もたどたどしく身体を揺らめかせる。互いのリズムが重なったり、外れたりするのがまたいい。すこしでも感じさせたくてずくずくと貫き、最奥をこじ開けた。

「んん……ん……！」

舌をきつく絡めながら狭い場所を何度も広げて腰を引くと、じゅぽっと卑猥な音が響く。

「感じて、くれているか」

「ん、ん、あ、ン、ッ、だめ、だめ、も、う」

「一緒がいいか?」

胸の下で廣がこくこくと頷く。物欲しそうに濡れたくちびるがやけに色っぽい。どこもかしこもしっとりと汗ばんでいて、獅堂をほしがる。

「イかせ、て……一緒にイきたい……っ」

しがみついてくる廣をきつく抱き締め、深く深く貫いた。絡みつく肉洞を蕩かすように執拗に突き込み、必死にくちびるをほしがる廣にくちづければ、弓なりに身体をそらした彼が大きく身体を震わせた。

「あぁ……あ……あ……あぁぁ……ッ……！」

「……っく……っ」

熱くてたまらない廣の中に一気に放った。同時に廣も熱をこぼし、がっしりと逞しい獅堂の腰に両足をきつく巻きつけてくる。

「ん……は……っ……ああ……っうごいちゃ……だめ……っ……だめ……イってるからぁ……っ……」

甘く蕩けた声がもっと聞きたくて、たっぷりとした精液を送り込みながら抽挿(ちゅうそう)を繰り返す。繰り返し達する廣の奥がいやらしくひくつき、獅堂を振り回す。

「いい……っすごい……、ほんと、だめになりそう……」

「お互いにな」

ここでもうやめたほうがいいのか、もっとほしがっていいのか。そんな想いが顔に浮かんでいたのだろう。まだ息の荒い廣が恥ずかしそうにに身体を擦り寄せてきた。

「……慶一さん……」

「ん?」

艶めかしい瞳に魅入(みい)られる。いまこのとき、彼の瞳に映る自分は、きっとティアムだ。彼と出会ったときからすこしも変わらないときめきは鮮やかで、互いの胸に火を灯す。

「……まだほしいって言ったら、呆れます?」

素直な囁きに微笑み、「そうだな」と囁いた。

「驚くくらい、同じ気持ちだ。これではきみに呆れられてしまう。……わかるか?」

中で、むくりと跳ねた熱を感じ取った廣が頬を赤らめる。

「——僕に教えてください。あなたの全部」

「愛してる。何度生まれ変わっても廣だけがほしい。永遠があるとするなら、きみと佑への愛だ」

「僕だって」

キスを求めて顎を上げた廣に覆い被さり、獅堂はその甘いくちびるをふさいだ。

ふたりの中に、永遠の光がある。

10

その日は朝から綺麗に晴れ上がった。真夏の青空に浮かぶ白い雲を窓越しに数える幼子に、「準備できたか」と声をかけると、期待に輝く顔がぱっと振り向いた。

「おかし、いーっぱい、もった！　ねえ、ひこうき、のる？　うみ、いく？」

「ああ、今日こそ沖縄に行けるぞ。廣と佑、それにじいじとばあばも一緒だ」

「やったあ！」

青いリュックを背負った佑がリビング中を駆け回るのを微笑みながら見守っていると、洗面所で支度を整えていた廣が戻ってきた。

「遅くなってすみません。そろそろ家を出る時間ですよね」

「まだ余裕がある。急がなくていい」

「そっか。じゃあもう一度戸締まりを確認してきます。あ、あと冷蔵庫の中も」

「冷蔵庫は私がチェックした。このミルクで最後だ」

グラスに注いだミルクを飲みたがる佑をソファに座らせ、隣に腰かけた。

「佑、ゆっくりでいいぞ」

「んー」

両手でグラスを摑む佑は真剣な顔だ。

我が子を見守っていた廣も顔をほころばせ、佑を挟んでソファに腰を下ろす。

「この子、食べるときも飲むときも、真面目な顔をするんですよね。それがいつも楽しくてついつい見ちゃいます」

「旅先ではたくさん写真を撮ろう。きみと佑の思い出を形にして残したい」

「そこにあなたも入ってくださいね。お義父さんとお義母さんも一緒に」

「もちろん」

「菜央さんたちにも写真送らなきゃ。すっごく楽しみにしてくれてるんですよ」

「菜央さんにも、ちゃんとお礼をしなきゃな」

「はい」

あらためて沖縄旅行に両親を誘ったとき、父は快諾し、母は『しょうがないわね、約束したし』と無愛想に振る舞っていたが、そこにぎこちないながらも温かな愛情が忍んでいることをいまの獅堂はよくわかっている。

完璧な家族旅行をセッティングするために、秘書の矢代が大活躍してくれた。沖縄本島の北部にあるラグジュアリーホテルのスイートルームを押さえ、飛行機やレンタカーのチケットも抜かりなく。

獅堂たちが沖縄に行っている間、矢代もオフだ。

ゆっくりやすんでくれと言い渡すと、『専務の顔を忘れるくらい羽を伸ばします』とつらっと返ってきたのがいまでも可笑しい。

「ぱぱ?」

佑がきょとんとしている。

「いや、ちょっと楽しいことを思い出して」

「ずるーい」

くちびるを尖らせる佑に噴き出し、「行こうか」と立ち上がった。廣も腰を浮かし、佑が背負ったリュックの肩紐を確認している。

「ぱぱ、ひろ」

可愛い声に見下ろせば、佑がばんざいしていた。

外に出るときは、大人と手を繋ぐこと。

その約束を律儀に守る我が子に微笑み、しっかりとちいさな手を握った。もう片方の手は廣が。

大きなスーツケースを互いに押して外に出れば、獅堂と廣と佑を——家族を包み込むような広い空が待っている。

青い空はずっと遠く、遙か彼方まで続いていく。

廣と佑とともに歩んでいく未来のように。

あとがき

こんにちは、または初めまして、秀香穂里です。

個人的に久しぶりのオメガバ、とても楽しかったです！　愛たっぷりに書いてみましたが、いかがでしたか？

今回は大企業の御曹司のアルファと若く仕事に懸命なオメガの組み合わせでした。御曹司の獅堂はリードが巧みで骨がありながらも、後半部では若干のもろさを滲ませています。対して廣はけなげに獅堂を求めつつも、途中からしっかりとしていきます。

ふたりのもだもだや成長を楽しんでいただけたら幸いです。

この本を出していただくにあたり、お世話になった方々にお礼を申し上げます。

美しく華のあるイラストを手がけてくださった、れの子様。挿絵をつけていただくのはこれで二度目となり、こころより嬉しく思っております。

獅堂、廣はもちろんのこと、佑も天使のように可愛く描いてくださって胸が躍りました……！　わたしの小説に色香を与えてくださったこと、深く感謝しております。お忙しい中ご尽力くださいまして、ほんとうにありがとうございました。

担当様。打ち合わせから仕上げまで丁寧にご指導くださったことで、今回も無事にゴールにたどり着きました。ありがとうございます。

最後までお読みくださった方へ、あらためて感謝申し上げます。

新しい出会い、新しい恋を生み出すたび、新鮮なときめきを感じます。まだまだ至らぬ点が多くお恥ずかしいかぎりですが、精進して参りますので、応援していただけると嬉しいです。

次の本でも元気にお会いできますように。

本作品は書き下ろしです

秀香穂里先生、れの子先生へのお便り、
本作品に関するご意見、ご感想などは
〒101-8405
東京都千代田区神田三崎町2-18-11
二見書房　シャレード文庫
「溺愛アルファの甘すぎる執心」係まで。

溺愛（できあい）アルファの甘（あま）すぎる執心（しゅうしん）

2023年9月20日　初版発行

【著者】秀香穂里（しゅうかおり）

【発行所】株式会社二見書房
東京都千代田区神田三崎町2-18-11
電話　03(3515)2311［営業］
　　　03(3515)2313［編集］
振替　00170-4-2639
【印刷】株式会社 堀内印刷所
【製本】株式会社 村上製本所

落丁・乱丁本はお取り替えいたします。
定価は、カバーに表示してあります。

©Kaori Shu 2023,Printed In Japan
ISBN978-4-576-23102-0

https://charade.futami.co.jp/

今すぐ読みたいラブがある!

秀 香穂里の本

私はきみのことで頭がいっぱいなんだ

溺愛アルファは運命の番を逃さない

イラスト＝秋吉しま

気の合う仲間とのオンラインゲームが楽しみだった悠乃。オメガもアルファも関係ないゲームの世界で〝カイ〟という仲間に密かに想いを寄せていた。しかし、同僚の結婚披露宴でアルファの仁と出会い、相性の良いアルファがもたらす圧倒的な快感を知る。本能的に惹かれることと恋心の狭間で悩む悠乃だが…。